傲雪红梅

厉华 陈莎 / 著

重庆出版集团 重庆出版社

图书在版编目(CIP)数据

江姐：傲雪红梅 / 厉华，陈莎著． —重庆：重庆出版社，2021.6
（2021.11重印）
ISBN 978-7-229-15877-4

Ⅰ.①江… Ⅱ.①厉… ②陈… Ⅲ.①纪实文学—中国—当代 Ⅳ.①I25

中国版本图书馆CIP数据核字(2021)第105324号

江姐：傲雪红梅
JIANGJIE: AOXUE HONGMEI
厉 华 陈 莎 著

策　　划：郭　宜　郑文武
责任编辑：夏　添　王　娟
责任校对：李小君
装帧设计：夏　添　刘　洋

重庆出版集团
重庆出版社 出版

重庆市南岸区南滨路162号1幢　邮政编码：400061　http://www.cqph.com
重庆出版社艺术设计有限公司制版
重庆天旭印务有限责任公司印刷
重庆出版集团图书发行有限公司发行
E-MAIL:fxchu@cqph.com　邮购电话：023-61520646
全国新华书店经销

开本：890mm×1240mm　1/16　印张：13.5　字数：170千
2021年6月第1版　2021年11月第2次印刷
ISBN 978-7-229-15877-4
定价：58.00元

如有印装质量问题，请向本集团图书发行有限公司调换：023-61520678

版权所有　侵权必究

Jiang Zhujun
江姐（本名江竹筠）
1920 — 1949

策划单位

中共自贡市委党校
中共自贡市大安区委员会
中共自贡市大安区委党校

中华儿女革命的典型——江竹筠

革命，多少中华儿女为之奋斗、流血，甚至牺牲自己的生命！
革命，中国共产党带领人民艰苦卓绝，创建了一个新中国！
革命，中华民族屹立于世界东方，实现伟大的民族复兴！

歌乐山下的渣滓洞、白公馆集中营，记载了革命烈士"为有牺牲多壮志，敢教日月换新天"的革命斗争事迹。小说《红岩》的创作问世，许云峰、江姐、小萝卜头等革命英雄的名字被世人所铭记。尤其是江姐，一曲《红梅赞》使她的名字家喻户晓。新中国成立以来，几乎任何一个文学领域都曾以她作为创作的对象。歌剧《江姐》、电影《烈火中永生》、报告剧《红岩魂形象报告展演剧》等，不断地从党性、人性的高度统一去展现红岩英烈的辉煌。经久不衰的江姐形象，穿越时空，在960万平方公里的中国大地上，成为坚定共产主义信仰、忠诚革命事业的典型代表。江姐在铁窗黑牢里用鲜血与生命谱写了一曲动人的正气之歌，它昭示着什么是革命！什么是为共产主义理想而奋斗！为人们提供一种行为坐标的参照系。

在我2000多场的《红岩魂——信仰的力量》报告演讲中，每次都要讲到江姐，江姐感人的事迹令听众肃然起敬，这，促使我不断地去收集史料，不断地去研究开发，坚持"内容为王、编织细节"，以增强研究成果的吸引力和感染力，使更多的人走进红岩。

江姐，这个名字不是文学创作，她是狱中难友对江竹筠的尊称。

江竹筠被捕时川东地下党遭受严重破坏，如刘国定等主要领导干部相继叛变。被叛徒出卖的江竹筠手上掌握有地下党游击队的重要信息，国民党特务要从江竹筠口中挖出组织情况和人员名单。先于江竹筠被捕的人员都清楚江竹筠失去丈夫的悲痛，更清楚她对儿子健康的纠结。大家都担心，江竹筠在特务威逼和情绪低落的情况下会不会坚持不住？大家关注刑法下的江竹筠的表现。当江竹筠被刑法摧残不能够行走，特务用布单子裹住她抬回牢房的时候，大家为她的坚持、为她的顽强而钦佩不已。江姐战胜刑法折磨的坚不吐实感动了大家，候在牢门的难友们叫出了：江姐！后来，江竹筠从单独关押转入女牢房后，大家都以"江姐"称呼她。

新中国成立以来，关于渣滓洞、白公馆革命烈士斗争事迹的宣传从未间断，一直被人民所信仰，一直有新的作品在问世。我在歌乐山烈士陵园任馆长期间，现已经去世、在渣滓洞工作了30多年的谭毅，给我生动地描述过"文革"红卫兵在渣滓洞的情况："各地的造反派到重庆开着广播车，喊着'要砸掉宣传刘少奇白区路线的渣滓洞、白公馆'，却在罗广斌现场滔滔不绝的演讲中接受了英雄、革命烈士、革命历史的洗礼！红卫兵那时是一批又一批地来，几乎都是读过小说《红岩》的学生。他们找江姐、许云峰、华子良、小萝卜头被关押的牢房，根据小说的内容不断向我们提问。罗广斌、杨益言、刘德彬等也被红卫兵请到现场讲《红岩》中的故事。特别是罗广斌，经常是上午在渣滓洞讲，下午又到白公馆讲。红卫兵搞串联到重庆，有一个非常重要的原因就是要看渣滓洞、白公馆监狱旧址，特别是要见一见真正的'红岩'人。与其说那时红卫兵到这里来是'批判白区的错误路线''革白区叛徒的命''砸烂有封、资、修毒素的渣滓洞、白公馆'，不如说是来听罗广斌滔滔不绝、颇具感染力的'现场教学'。最终，红卫兵怀着一种革命的崇高敬意离开了渣滓洞、白公馆监狱旧址。这也是渣滓洞、白公馆监狱旧址在'文革'中没有被破坏而完好地保留

接受采访的彭云

下来的一个重要原因。"谭毅,1964年8月从部队复员被安排在渣滓洞当管理员、讲解员,一直到退休都没有离开过那里。他也参加过造反派,但是他没有离开过渣滓洞的工作岗位。他说:"我白天是管理员、讲解员,晚上是保卫员、防火员,这里就是我的家。"他在渣滓洞结婚、生子,他陪伴母亲在那里走完人生,他的一家都住在牢房里,直到2000年分配了房子才结束了住在牢房里的日子。今天,一批又一批的青年人选择了渣滓洞、白公馆文物保护的职业岗位,管理和宣讲着革命先辈的革命斗争历史。

作为连续在红岩岗位上工作了30多年的人,我与今天仍然在那里工作的每一个职工都认为:职业的光荣,人生的骄傲。

1988年,一个嫌弃家乡贫穷的青年女子到重庆转车到广州打工,因为没有买到火车票,于是她坐一元钱的旅游车到白公馆、渣滓洞参观。她在渣滓洞听导游解说,自己又转看了许久后,在出口的留言处翻阅留言。最后她提笔写下了这样一段话：我看了展览里有这么多我家乡的烈士，觉得自己嫌弃家乡穷要出去打工很可悲！我不走了，我要回去……

1995年在渣滓洞出口留言簿上有这样一段留言：我在人们眼中是大款，但是每次来重庆我都要抽空来看看这里，可以得到一种力量的激励。

红岩魂全国巡回展览的留言里，一位观众留言：以前嫌房子小了，钱也少。今天看了展览我什么都不愿去计较了。

2003年我在采访江竹筠儿子彭云和他妻子时，彭云说了这样一句话：作为她的儿子我热爱她！作为中国公民我崇敬她！

这是中国人的共同心声。

目　录

中华儿女革命的典型——江竹筠 / 1

一　走进江姐故里——四川自贡大安区大山铺 / 1

江姐故里 / 3

童年江竹筠 / 5

红岩大义　担当大安 / 14

二　一个独特的文化现象 / 17

《红岩》小说现象 / 19

《红岩》小说中的江姐 / 26

三　红岩史料中记载的江竹筠 / 33

投身革命　一心向党 / 35

年轻的革命战士 / 48

四　敢于担当、执行纪律 / 57

从假扮夫妻到革命伉俪 / 59

为《挺进报》奔波 / 75

临别托孤　姐妹情深 / 85

五　心存敬畏，绝对忠诚 / 93

夫妻永诀 / 95

家书寄情 / 104

酷刑拷打　钢铁意志 / 124

六　临刑寄语——狱中八条 / 159

七　附录 / 171

大安人民的纪念——江姐故里 / 173

关于江姐的评论 / 176

大安区"弘扬江姐精神　打造江姐故里"掠影 / 183

我心中最美的英雄女神——致江姐的一封信 / 198

参考文献 / 201

后记 / 204

一　走进江姐故里
——四川自贡大安区大山铺

江姐故里

  自贡，地处四川盆地南部，幅员达 4372.6 平方公里，在漫长的历史演进中，它与盐有着休戚与共、唇齿相依的关系。自贡是因盐而生的城市，"盐，就像一位无所不能的造物主，铸就了这座被誉为'川省精华之地'的千年盐都的身躯及魂灵"①。曾几何时，在这个城市，天车林立，笕管纵横，井灶密布，云烟蒸腾，卤气冲天，盐味浓酽，盐工船民号子震天，构成一片繁荣的盐场景象。关于自贡的地名，从导游的解说中得知：自贡的得名渊源于两座古老的盐井"自流井"和"贡井"。"自流井"位于富顺县，因盐水自流得名。"贡井"位于荣县，原名"公井"。传说，由于"贡井"里产的食盐味道很好，常常被作为贡品献给皇帝，所以，到清代初年就把"公井"改名"贡井"了。据说"自流井"与"贡井"一水相隔，富顺县与荣县又是县县相连。当地人便把富顺县的"自"与荣县的"贡"联系一起，"自贡"由此得名。一副对联生动地描绘出千年盐都自贡的魅力——

---

① 政协自贡市委员会：《因盐设市》，四川人民出版社 2009 年版，第 1 页。

上联：流光溢彩彩灯照照亮南国灯城
下联：百味有盐盐文化化尽千年盐都
横批：魅力自贡

在从古到今万千年的历史进程发展变化中，自贡成为国家历史文化名城和中国优秀旅游城市。特别是改革开放以来，当地人引以自豪的大三绝"千年盐业、彩灯文化、恐龙化石"，为自贡赢得了"千年盐都、南国灯城、恐龙之乡"的美称。小三绝"龚扇、扎染、剪纸"，是千年盐文化的重要组成部分，它们凝聚了工匠心血，彰显民间智慧，传承工匠精神和传统文化，是自贡的又一张名片。

自贡东北部的大安区，文旅资源丰富，素有"龙之乡""盐之都"的美誉，既有全国首个、亚洲最大恐龙遗址博物馆——恐龙博物馆，又有世界上第一口人工开凿超千米深井——燊海井，全国唯一保持传统制盐工艺的盐井。大安人杰地灵，英才辈出，曾与彭德怀元帅并肩战斗的红军著名将领、被评为"100位为新中国成立作出突出贡献的英雄模范人物"邓萍烈士也是大安人。

在大安，还有一个至今当地人也没有忘记的人物，她就是出生于大安大山铺的农家女子江竹筠（原名江竹君）。她的名字穿越时空，从399平方公里的大安到960万平方公里的中国大地，无人不知，无人不颂。一部文学小说《红岩》使她的事迹广为流传，一曲《红梅赞》使她的名字家喻户晓，一句"共产党人的意志是钢铁"的豪言使她成为革命英雄主义的代表。她，就是文学小说《红岩》里面描写的江雪琴、江姐，就是革命英烈江竹筠。

童年江竹筠

自贡市大山铺江家湾，这个小小山村里的一个普普通通的农舍，与中国的革命历史结下了不解之缘。

1920年8月20日下午4时许，在江家湾的一间破旧草房里，传出了一阵初生婴儿的啼哭声——这个女婴，便是后来名扬中华的巾帼英雄江竹筠。在这片钟灵毓秀的土地上，江竹筠度过了她的童年岁月，英雄29个春秋的人生之旅就是从这个小小山湾起步的。

在这个山湾里，居住着十来户人家，全都以务农为生。江竹筠的父亲江上林在本地的农户中算是个颇通文墨的人，少时曾读过多年私塾，人称"江秀才"。这江家在祖上曾一度较为富裕，有田有土，还在三多寨、牛佛镇等地开有绸缎庄，但传至江上林这一代时，已不幸家道中落，原有的田土几乎已变卖殆尽，日子过得相当拮据。为了改变家中的窘况，江上林一直没有放弃过努力。他当过长途贩运盐巴的"挑盐客"，干过卖麻糖的行贩儿，开过小米行，办过小餐馆。民国初年，江上林娶了自流井关刀石木匠李焕章家的三姑娘李舜华为妻。婚后李舜华连着生了两胎男婴，只是因家里生活条件太差，均未能养活。江竹筠是李舜华的第三胎。生下女儿后，李舜华的身子极为虚弱，没有奶水喂养孩子。眼看着刚出生的奶娃又有夭折的危险，然

读高中时的江竹筠

而,幸运的是,住在隔壁的四嫂陈玉琳生了孩子还不出四个月,这位仁惠的四婶娘见没有母乳吃的小竹筠十分可怜,便断了自家儿子的奶水,主动去哺喂她三个多月,直到奶水绝了方止。这才使小竹筠没有遭到像她前面两位哥哥那样出生之后不久便夭折的命运。

这件事在江家湾一带传为了美谈。乡邻们无不夸赞陈玉琳的仁义与贤惠。其实,打陈玉琳十六岁嫁到江家湾做媳妇后,在山湾里就有着极好的口碑。她勤劳俭朴,温厚善良,乐于助人,凡见哪家有什么难事苦事总是倾力相帮。她的仁惠,她一贯的薄己厚人,赢得了乡亲们的交口称誉,大伙儿都说江四娘有菩萨心肠,一定会长命百岁。由于有了当小竹筠奶娘的这一段特殊经历，陈玉琳对这个小女孩自然也就格外地疼爱，她身上的好品德对江竹筠幼小的心灵也起到了浸润的作用。

在困苦的生活环境中，小竹筠长到四五岁时，已经很懂事了。因家里穷，父亲为了多挣点钱，常奔走于外，跑些小买卖，家中的一切大小事情全都由母亲一人撑持着。小竹筠见体弱的母亲忙里忙外，整天几乎没有停歇过，便主动帮母亲做一些事情。每天清晨，母亲上山坡侍弄菜地，她总是跟着去除草、摘菜，返回时还要顺便割兔草、打猪草，回到家里又主动帮母亲收拾屋子，成了母亲得力的小帮手。

小竹筠满五岁之后，已到了发蒙读书的年龄。尽管这时家里的境况并无多大改善，李舜华与丈夫商量后，还是决定让小竹筠到她三伯伯江玉麒开设的斑竹林学馆去读书，并且经过再三斟酌，郑重地为女儿取了一个很有气概的名字"江竹君"（后改名"江竹筠"，又名"江志炜"），含竹中最好之意。夫妻二人认为，竹子是有品行之物，他们希望女儿进学堂后能好好念书，将来能像江家湾山坡上那挺拔的翠竹一样，做一个有志向有品节的人。在旧时的乡下，由于受传统思想的影响，一般庄户人家都只送男孩上学读书。斑竹林私塾自开馆以来，还从未收过女孩子，答应让小侄女进自己办的私塾读书，江玉麒也算是开了一个先例，小竹筠便成了斑竹林私塾里第一个女学童了。

上学后，鉴于江竹筠尚年幼，江玉麒安排的课程是由先识"方块字"开始。他将要教的字用楷书写在一寸见方的纸上，然后一个个地教她认识。江竹筠在入学前已由父母教认了一些简单的常用汉字，入学后她学习十分用功，加上记忆力又好，所以很快又新认得了好几百个字。接下来，她便与其他几位学生一道，可以由塾师教读《三字经》《百家姓》《千字文》等蒙学教本了，只不过她是女孩子，塾师又单独加了《女儿经》一门功课。

在私塾里，学生在学过了起初的蒙学教本后，接着就要读"四书""五经"之类的了。其教法大多仍是教学生熟读背诵，然后在适当的时候由塾师逐句讲解。除读书背诵外，还有专门的习字课，从塾师扶手润字开始，再描红，再写映本，进而临帖。江玉麒是一位颇有书法功底的塾师，篆、隶、行、草诸体都很有造诣，尤其是他那手颜体正楷，雄健浑厚，骨力遒劲，不仅为本乡村民们所称道，即便是大山铺、仙市、牛佛那样的大集镇，也有为数不少的商家慕名前来江家湾求他书写招牌店名什么的，可谓是本乡较为有影响力的一位书家。他对自己塾里的习字课历来十分重视，在学生们写字基础训练的每一个环节上，他总是认真施教，从不马虎，特别是对江竹筠，更是要求从严，别的学生练习一遍，江竹筠往往得练上两三遍。江玉麒经常对小侄女讲："人们都爱说，文如其人，字如其人。这话是很有道理的。因为作文写字跟一个人的习性有很大的关系，跟做人处世也有颇多相通之处。为人之道最重要的一条，就是要端直正派。习字也是一样，要做到端雅正楷，绝不能苟且随便，这样，才能为日后的发展打牢根基。"正是在这种严格要求下，江竹筠的习字课取得了非常优异的成绩，她写的字工整端丽，常常在同学中间传为样板。而江玉麒由习字所言及的做人之道，对于开启江竹筠童蒙期的人生教育、引导小侄女端方的品行修养乃至她成人之后选择正确的人生之旅，无疑都起到了不可忽视的积极影响。

江竹筠读了两年私塾，为了让已满五岁的弟弟江正榜能进学堂念书，她只好辍学在家，帮助母亲做家务，有时也上自流井关刀石的外婆家小住一段时间。她非常喜欢尚未出嫁的小姨李泽华。李泽华读过私塾，也上过教会办的新式学堂，属当时社会上新知识女性一类，较之旧式女子，知识面广，眼界更开阔，思想更活跃。她不仅给江竹筠讲了许多历代少年英才的故事和民国初年的一些社会见闻，还特意带小外甥女去逛了一趟自流井城。

当时的自流井是四川最大的井盐生产基地，被誉为"盐都"，江

江竹筠(右)与女友的合影照

竹筠跟着小姨进城后,看见繁华的街头商号店铺是很多,绸布百货店、日杂店、山货铺、银楼、钱庄以及茶房、酒肆、饭店、烟馆什么的,一家挨着一家,人来人往,十分热闹。如此繁华的市井,对于乡下来的小竹筠,自然是满眼的新奇。然而这一路上走来,她也见到了从未看到过的怪现象:到处都是叫花子,衣衫褴褛,蓬头垢面,还伸着脏兮兮的手逢人便哀哀地乞讨;又见着几个头上插着草标,准备卖给有钱人家当丫头的小姑娘,而她们身后的人却像是她们的父母,一个个面容憔悴,神情黯然;隔不了多远就有一个赌博摊摊,鸦片烟馆比饭馆、酒馆还多,光着上身的搬运工吃力地拉着载满盐包子的架架车,在上坡的时候,前倾着的身子几乎匍匐在地,而那些衣着光鲜的有钱人则坐着滑竿、轿子,一个肥胖的外国人坐的大轿甚至需要由四个中国人来抬；在离卖猪的市场不远处，还有卖人的市场。

通过这次短短的自流井之行，江竹筠见识了城中的"西洋景"，更多地了解了人世的艰辛，心底留下了极难抹去的印痕，直到成人之后，她还常常向友人谈起七岁那年逛自流井时的所见所感。李泽华的心思没有白费，她感受到外甥女对于是非善恶的辨识和那颗虽然年幼却充满了悲悯与同情的心，她以其独特的方式关爱着小外甥女，她是引导江竹筠对当时置身的社会进行观察与思考的极难得的富有远见的启蒙者。

1928年，自流井及其周边地区发生数十年不遇的大旱，江家湾一带受灾尤为严重。乡下人没有吃的，只得剥树皮、挖草根，甚至最后靠掘白泥充饥，不少人都因吃了"观音土"腹胀而死。年仅八岁的江竹筠亲睹了这场大灾荒的悲惨情景，对农村的苦难生活有了更深切的感受。随着酷旱的持续，广大饥民已被逼得走投无路，他们暗中串联，准备搞"吃大户①"的行动，江竹筠也想随母亲李舜华一起参加。然而就在这时，李舜华在重庆的三哥李义铭②来信了，信上说，李家好多亲戚都逃荒到了重庆，李义铭要妹妹一家人也赶快过去。李舜华见灾情日益严重，江家湾这个地方已实在无法再待下去了，于是告别了江家的亲戚和众乡邻，带上江竹筠姐弟俩，逃荒到了重庆。

五年之后，江竹筠回过一次江家湾。那时，十三岁的她已在重庆南岸大同袜厂做过两年童工，后来在三舅李义铭的帮助下，进了一所教会办的孤儿院，一边做工一边读书。有一次，快要过年的时候，她

---

① 吃大户是饥饿的农民成群结队到地主家强行吃饭的反抗行动。
② 李义铭（1894—1956），四川自贡人，1920年毕业于私立华西协合大学，是西部地区第一批学西医的学生之一。1935年，李义铭在重庆创办民营义林医院，随后集资修建了一栋中西合璧式的义林医院大楼。1937年抗战爆发，国民政府迁都重庆，便将这幢古色古香的建筑征为立法院、司法院等办公之用。1948年李义铭托人用十根金条营救江竹筠未果，还被抓去坐牢几天。解放后李义铭将医院捐给了国家，并在医院担任副院长，1956年去世。

李义铭(1894—1956)

得知三舅的一位姓张的朋友要回家乡自流井办事，便征得母亲的同意，随同这位张先生一道回了趟老家。回乡后，正值春节期间，江竹筠先去江家老祠堂拜祭了江氏家族的先祖，继而分别去仙滩、何市、三多寨等地看望了还健在的一些族亲前辈。然后，她又按照离开重庆时母亲的嘱咐，去关刀石一带，拜望了李家的几位长辈亲戚。而三舅的那位朋友张先生，是个干练之人，做事干净利落，从不拖泥带水，回家过完春节后，不出一月就把要办的几件事情全部办妥。他因不能在这自流井久作停留，便赶去江家湾接了江竹筠一起返回重庆。这次江竹筠离乡，江沛洲护送堂妹和那位张先生到大山铺后，叫了一辆马车将二人载到了牛佛水码头，再换乘木船经富顺、泸州抵达了重庆。

这一走，江竹筠就再也没有回过老家了。

但江家湾这片故土依旧是江竹筠魂牵梦绕的地方。这里曾留下她

李义铭夫妇和江竹筠儿子的合影

儿时艰难成长的足迹,留下了她的泪水与欢笑,也留下了她那些令世人无限感慨、难以忘怀的故事……(注:《童年江竹筠》出自刘仁辉、杨源孜著《红岩英雄江姐》《江姐童年故事》)

此后,江竹筠在重庆读书求学,而后加入中国共产党,成为一名优秀的革命战士。她跨进时代波涛的洪流,立志要做一个有作为的知

李义铭的女儿和江竹筠的儿子的合影,其二女儿(中)由江竹筠引导参加了革命

识女性,积极投身到革命的浪潮中,她用行动践行着对党的诺言:"凡是有利于党的话就说",我是党的人信念执着;"凡是有利于党的事情就做",敢于担当义无反顾。

山里的草花儿年年盛开,她选择用自己的生命去绽放血红的花。

家乡坡上的竹子青又青,她与大安人时时在交换着愉悦的微笑,她用精神遗志浸染着这片绿林,滋养着这片土地!

大安人民永远怀念她!并用大安人自己的方式传颂着她的故事、弘扬着她的精神!

红岩大义　担当大安

2020年，在江竹筠烈士诞辰100周年之际，为讲好江姐故事，用江姐精神凝练力量，四川省自贡市大安区面向关心支持江姐故里大安区发展的社会各界人士进行了为期5个月的征集提炼"江姐精神"大安表述语活动，进一步弘扬江姐精神，传承红色基因，推动大安区的高质量发展。活动共收到全国各地28个省、自治区、直辖市918条表述语或宣传语。经初审和网络投票，专家组评审，最终区委常委会审定表述语为"红岩大义、担当大安"。组委会对选中的表述语"红岩大义、担当大安"做出这样的说明释义：

1. 红岩精神是以周恩来为书记的中共中央南方局在长期领导国统区广大共产党员和革命志士的斗争实践中培育铸就而成。用"大义"取代"精神"作表述语，是因为"大义"一词更磅礴，更有气势，又能包含信仰、忠诚、担当、坚韧等品质，这种品质是由像江姐这样的众多革命英烈用鲜血共同谱写。"红岩"与"大义"相结合，则凸显了江姐为代表的众多红岩英烈的精神，"红岩大义"由此而生。

2. "担当"是时代最重要的气息，缅怀先烈，勇于担当理应成为当代大安人至死不渝的追求。而"大安"作为这次提炼表述语的归宿，一是要体现大安发展的精、气、神；二是要体现区委提出的"三看三干"（一看有无法律规定，有则依法依规干；二看有无先进经验，有则学习借鉴干；三看是否两者皆无，无则探索创新干）工作理念，旨在破除"盆地"意识、"盐井"意识，重塑干部"精、气、神"，变"要我干"为"我要干"；三是大安本身包含和谐社会、天下大安的丰富寓意。

3. 较为含蓄，有意境美，能给人留下想象的空间。

4. 对仗、工整、上口。

另外，关于"大义"与"大安"，虽有两个"大"字前后出现，但感觉既不影响对仗的工整，也不影响意境的美，似不伤大雅。关键在于找不出一个词既能包含"大义"的全部意境与内容，又能达到"大义"本身具备的磅礴气势，故挑选一个词取代"大义"，似乎太难。[①]

[①] 资料来源：中共自贡市大安区委组织部。

二　一个独特的文化现象

《红岩》小说现象

1961年,小说《红岩》等描写革命英雄主义的文学作品相继出版。罗广斌①等人把讲述自己亲身经历的《在烈火中永生》,在众多著名文学家的帮助下,改编成为小说《红岩》。罗广斌作为从白公馆脱险的革命志士,为宣传死去的战友的革命精神,从一个讲故事的人转变为一个专业作家,体现了倡导革命英雄主义、树立远大理想的国家行动。小说《红岩》描写了关押在国民党渣滓洞、白公馆的革命志士,他们面对国民党的审讯和折磨,绝不屈服,绝不背叛,绝不怕死的斗争事迹,表现出"生当作人杰,死亦为鬼雄"的大无畏精神,他们用自己的热血和生命展现出信仰的力量。

中国青年出版社为建国十周年准备出版计划时,从罗广斌等人口述报告《在烈火中永生》发现了这里面的人物事件非常感人。因此,中国青年出版社就派人到重庆找到罗广斌等人,要求他们把自己的故事稿改写成长篇小说。从现在能够找到的众多资料来看,罗广斌等人创作小说《红岩》经历了很长的一个过程。从他们自己写到上级部门组织人指导帮助他们写,从情节内容的设计到具体人物的塑造,个人

---

① 罗广斌(1924年11月22日—1967年2月10日),重庆忠县人,作家。合著革命回忆录《在烈火中永生》、长篇小说《红岩》。

的写作行为变成了一种思想文化建设和开展传统教育、革命文化教育、共产主义教育的国家行动。

当这本书稿在全国许多知名的文学家、川东地下党老同志的关心支持下定稿后,这本书的名称还经过当时的重庆市委常委会的审定。1961年,重庆上清寺中山四路重庆市委常委会议室,市委常委们正在就一本即将要出版的图书名称进行讨论。之所以这样重视一本图书的书名,是因为图书内容已经在全国产生了极大的影响:作者罗广斌、杨益言和参与者刘德彬当时在全国所作的《渣滓洞、白公馆革命烈士在狱中斗争事迹》的报告产生了始料未及的效果,根据他们的报告编辑而成的《圣洁的白花》《在烈火中永生》《禁锢的世界》在人民群众中也产生了极大的反响。这本书的创作出版已受到社会的极大关注,茅盾[①]、巴金[②]等知名作家对书的创作提出了许多有益的建议。因此,书名在反复讨论设计数次都不满意的情况下,提交到市委来讨论。当时的市委书记任白戈认为:这本书不仅是狱中斗争,而且是国统区党的工作的缩影。看了这本书就会想到重庆,牺牲的革命烈士是在当年南方局教育培养下成长起来的,一定要注意这段历史的连续性,因此书名可以考虑用"红岩",这在重庆乃至在全国都是有影响的。

最后,市委常委会决定用抗日战争时期中国共产党在重庆的八路军办事处所在地的地名——"红岩"作为书名。市委书记任白戈说:"今后人们看了这本书就会想到重庆,提起重庆就会说到红岩。"[③]

1961年出版的文学小说《红岩》是历史与艺术的最典范的结合,它立即被脍炙人口的快板书、评书、京韵大鼓所改编,诗歌、散文、

[①] 茅盾(1896年7月4日—1981年3月27日),原名沈德鸿,中国现代著名作家、文学评论家、文化活动家以及社会活动家,五四新文化运动先驱者之一,中国革命文艺奠基人之一,代表作有小说《子夜》《春蚕》和文学评论《夜读偶记》。

[②] 巴金(1904年11月25日—2005年10月17日),本名李尧棠,字芾甘,中国当代作家,代表作有《家》《寒夜》《随想录》。

[③] 选自厉华1991年采访记录。

长诗、连环画、木刻、剪纸紧随其后。于是，小说《红岩》的内容迅速地被文学艺术领域所涉足，国内争先恐后地开展二度创作，一大批红岩作品相继问世，极大地传播了红岩精神。首先是重庆歌剧院改编为歌剧《江姐》，其后空政文工团到重庆体验生活，1964年又创作出乡音极其浓厚的大型歌剧《江姐》。话剧、京剧、豫剧、汉剧、黄梅戏、川剧等各剧种纷纷将其改编。1965年，长春电影制片厂又推出以小说《红岩》改编的电影《烈火中永生》。甚至一些地标、企业也以"红岩"冠名，如红岩汽车、红岩墨水、红岩街道、红岩影院等，许多企业、社区均以"红岩"冠名。

小说《红岩》中的许云峰、江姐等烈士在歌曲《红梅赞》的赞美下成为一个个共产主义信仰无比坚定的杰出代表。文学艺术的社会引导作用在中国社会发挥着空前巨大的作用，烈士形象几乎成为每个人的奋斗价值坐标参照系。

1964年，毛泽东观看空政文工团演出的歌剧《江姐》时，看到江姐壮烈牺牲那场戏，他禁不住动了感情，曾感慨而又不无遗憾地对身边的工作人员说："为什么不把江姐写活？我们的人民解放军为什么不去把她救出来？"

小说《红岩》再出版立即在全国引起了热销和改编创作的高潮，形成了一个强大的文学艺术活跃的高潮。中国几乎所有的文学艺术形式都以红岩作为资源进行二度创作，问世了一大批作品，形成了全国的革命文化的一种高潮，而且《红岩》被翻译成外文在全世界发行。

《人民日报》1962年12月2日，李希凡在《剪裁、集中和再创造——谈中国铁路文工团话剧团〈红岩〉的改编》一文中写道：

> 《红岩》，这本公认为撼动心灵的"共产主义科学书"，在它出版将近一年的时间里，已经风行全国，有口皆碑，虽然书的累计印数突破了三百万册，达到了解放以来长篇小说

发行量的最高数字，却仍然不能满足读者的需求。大概也正是这样的缘故吧，阅读的热潮又开始寻找新的出路——有力地冲击着戏剧艺术，不少戏剧工作者满怀热情地把《红岩》搬上了不同剧种的舞台。据统计已经有二十几种有关《红岩》的戏在全国各地演出。

《浙江日报》专门开设了《红岩风格赞》专栏，其中1962年4月7日第三版，阎纲写的《共产党人的正气歌》一文中说：

> 《红岩》没有把最容易追求离奇的情节惊险化，没有把最特殊、最尖锐的斗争一般化，没有把人物神化或丑化。它忠实于生活真实的描写，忠实于人物形象以及人物与环境关系的真实描写，把这作为自己作品的命意和艺术创造的基础和出发点。《红岩》里描写的生活和人物，原来在作者的心里就是活生生的，因而才可能有作品里一系列的具体描写：具体的环境、具体的人物、具体的关系与具体的矛盾。最后，用具体的斗争方式解决了集中营里（具体的一连串的、大大小小的、此时此刻的）冲突，既不同于战场、工厂、学校，又不同于其他时刻、其他地方的集中营。

《四川日报》1962年8月19日，殷白在《读红岩》一文中写道：

> 《红岩》艺术创作上的几个主要的特点：第一，塑造了一组具有共同精神品质的英雄人物，从而形成了强烈的形象的集体感；第二，通过尖锐的敌我矛盾冲突的描写，展示了英雄人物性格的光辉灿烂和政治上的高度成熟；第三，围绕监狱斗争和革命者的狱中生活的富于革命精神的

抒情和人物特写。

《云南日报》专门开设了两个专题：笔谈《革命烈士诗抄》和《红岩人物赞》。其中1962年12月6日第三版，黎方写的《革命的坚定性》一文中写道：

>小说《红岩》的封面是引人注目的：在一座红色的山岩上，屹立着一株挺拔的苍松，它象征着共产党员大义凛然的革命气质和威武不屈的光辉形象。正是他们，用英雄的热血，染红了山岩，染红了祖国的大地。这深厚的意境，给了国防文工团、云南人民艺术剧院话剧团和云南省川剧团①的戏剧编导者、表演者以很大的提示。以话剧来说，话剧《红岩》第一场的环境，安排在重庆江北，窗外嘉陵江的对岸，就是有名的红岩村，戏一开始就借成瑶之品点了题："我一看到红岩村，就想起了中共办事处。红岩村，这是一个多么富有诗意的名字啊！红岩，红岩，你象征着革命的意志，你引导着广大的青年……"戏接演下去，随着斗争的深入开展，矛盾冲突的更加尖锐，编导者和表演者更把这如苍松一般的光辉形象，一次又一次地再现在舞台上。

《新华日报》1962年11月4日第二版《观众爱看优秀现代剧目——文艺界座谈话剧〈红岩〉演出盛况》一文中报道：

>南京市话剧团在宁上演的现代剧《红岩》连满四十余

---

① 1958年，根据云、贵、川三省文化协作会精神，应云南省委要求，四川省委将成都新光川剧团调至昆明，于9月30日正式组建成立云南省川剧团。1962年初，小说《红岩》改编成川剧上演。

场，观众达四万五千多人。最近，南京市剧协特为《红岩》的演出邀请省、市文艺界和驻宁部队戏剧工作者举行了座谈会。南京市话剧团已于六月结束在宁演出，他们将《红岩》稍加整理后，将带往苏州、无锡、常州、镇江等地巡回演出。

《红岩》出版后，受到了广大读者的热烈欢迎。书中英雄人物的光辉斗争事迹，气势磅礴，惊心动魄，悲壮感人，是一部向青年进行革命传统和共产主义品德教育的生动教材。

1962年2月17日，中国青年报组织了部分读者举行座谈会，在会上，机关干部陆石发言"不怕鬼的英雄谱"，他说："这是一部写斗争的作品，写革命和反革命的斗争，人和鬼的斗争，共产主义者与反动派的斗争作品……中国人民是有理想、有志气的人民。只有有最远大理想的人，有革命志气的人，最不怕鬼，最不怕死。"

时任北京农业大学团委副书记林黎奋在"思想改造贵在自觉"的发言中说："小说《红岩》中的人物参加革命，有一定思想基础。他在大学里，从马列主义著作中，懂得了社会发展规律，知道无产阶级最有前途，也晓得阶级出身不能决定一切，只要加强改造，一个资产阶级出身的青年，同样可以变成真正的无产阶级战士。他一找到了共产主义的真理，就决心为这个真理奋斗到底。"

红岩精神是中国共产党在国民党统治地区革命实践中形成的具有代表性的革命精神，它具有丰富的历史内涵和巨大的思想价值。小说《红岩》以重庆解放前夕、狱中共产党人同国民党反动派进行严酷的革命斗争为主要内容。小说《红岩》的出版在社会上引起了强烈反响。它以真实人物为原型，书中人物通过各种形式被演绎为一个个艺术形象走进社会、走进群众、走进生活，传递着红岩精神，在各个时期影响人们的思想和精神生活。从战争年代转入和平时期的新中国，对革命英雄、革命烈士、革命先辈的崇敬铸就了一个时代的道德水平，对一个民族的思想和精神境界进行了极大的提升。红岩精神是一个历史过程的反映，是在民族传统道德继承、积淀中升华的、最积极向上的一种民族精神；是党走向成熟，走向发展壮大时期的产物；是党提出统一战线、党的建设、武装斗争三大法宝的具体表现。

　　围绕小说《红岩》而展开的持续不断的创作，形成了独特的《红岩》小说现象，彰显了广大中华儿女对红岩精神的传承与弘扬。红岩精神影响了几代人，在今天依然是人们强大的精神力量源泉。

《红岩》小说中的江姐

我们来看一下小说《红岩》中的江雪琴:"这个女同志是个安详稳重的人,不到三十岁,中等身材,衣着朴素,蓝旗袍剪裁得很合身。"江雪琴的原型就是烈士江竹筠。

小说中描写她目睹了丈夫被害,头颅挂在城门上示众的情节:"是眼神晕眩,还是自己过于激动?布告上怎么会出现他的名字?她觉得眼前金星飞溅,布告也在浮动。江姐伸手擦去额上混着雨水的冷汗,再仔细看看,映进眼帘的,仍然是那行使她周身冰冷的字迹:华蓥山纵队政委彭松涛。老彭他不就是我多少年来朝夕相处,患难与共的战友、同志、丈夫么!不会是他,他怎能在这种时刻牺牲?"小说中创作设计这一情节,是为了突出江竹筠坚毅内忍的性格,以及压制悲痛继续坚持斗争的革命精神。历史上,彭咏梧被杀害后,头颅被敌人砍下,挂在城门楼上示众,这是真实的情节。但是江竹筠由重庆返回下川东时并没有见到,而是通过彭咏梧亲戚家的联络站得知这一噩耗的。

小说当中真实地描绘了江姐在丈夫牺牲以后,她内心无比悲痛却又坚毅而隐忍,如小说中描绘的这样一个情节:"华为拿着酒瓶回来了。老太婆斟了一个满杯,递给江姐,又斟了两杯,一杯给华为,一杯自己举起来：'江姐，这杯酒，我代表同志们，也代表老彭，给你洗尘。'江姐没有想到对方又提到老彭，她心里一时竟涌出阵阵难忍的悲痛，嘴唇沾了苦酒，默默地把酒杯放下了。她悲痛地感触到对方也有隐藏的苦衷，她不忍心当面刺伤老太婆苦苦的用心，勉强吃完那碗说不出滋味的菜饭，便轻轻放下了筷子。"①

小说《红岩》中关于江姐得知彭咏梧牺牲后的情感塑造，向我们还原了江姐的真实情感世界。小说中是这样描绘她内心的坚持，"我希望，把我派到老彭工作过的地方……'前仆后继，我们应该这样。'回答的声音，是那样的刚强"②，事实上，江姐正如《红岩》中所描绘的那样坚定而决绝，"临委考虑江竹筠不能再去下川东，因为她去很容易暴露，而且孩子太小，需要她照顾。再三要她留重庆工作。好心的朋友也劝她接受组织的安排。她自己也知道此去有危险，可是她坚持要去：'这条线的关系只有我熟悉，别人代替有困难。我应该在老彭倒下的地方继续战斗。'临委只好同意她的要求"③。

我们再来看看江姐的战友卢光特的回忆，彭咏梧牺牲后，战友老吴告诉了江姐，"关于不幸事件的传说。她极力镇定自己，只在夜间禁不住隐隐啜泣"。后来江姐和战友小卢从万县搭轮船回重庆的途中，"在船上，竹筠沉默少言，尽量抑制悲伤。晚上他们和衣躺在船舷走道上，共盖一条被子，上有寒风刺骨，下有铁板冰人。她把被子的一半推给小卢，自己睡在外边挡风。小卢的脚露在外面，她又脱下毛衣给搭上。小卢咳嗽，她询知小卢患有慢性病，仍在农村艰苦斗争，心疼地说：'你身体不好，到重庆后一定要去医治一下。'并立即写了一张条子，叫他去找陈作仪——竹筠的一个联络点，要陈负责给小卢检查治疗。她强忍住自己的巨大悲伤，像往常一样用极大精力去关心别

---

① 罗广斌、杨益言著：《红岩》，中国青年出版社1961年版，第75页。
② 罗广斌、杨益言著：《红岩》，中国青年出版社1961年版，第77页。
③ 卢光特、谭正威执笔：《江竹筠传》，重庆出版社1982年版，第76页。

人。她把减轻别人痛苦作为战胜自身痛苦的一种力量"[1]。

小说当中还真实还原江姐在面对敌人的严刑拷打后，表现出的坚贞不屈的革命精神，战友们为之钦佩，受之鼓舞。渣滓洞的难友们纷纷给江姐写信表达他们的敬佩之情，其中何雪松代表难友们写给她的《灵魂颂》[2]在渣滓洞集中营里久久流传。

> 你是丹娘的化身，
> 你是苏菲亚的精灵，
> 不，你就是你，
> 你是中华儿女革命的典型……

江姐给难友们写了回信，表达了视死如归的革命豪情，留下了"竹签子是竹做的，共产党员的意志是钢铁"[3]的铮铮誓言！[4]

小说《红岩》的作者之一罗广斌是 1949 年重庆"11·27"大屠杀的亲历者，也曾是江姐被关押在渣滓洞监狱时的难友。罗广斌的一篇回忆文章《我们的丹娘江竹筠》，其中有这样一段描述，进一步印证了小说《红岩》中江姐英勇顽强的真实性[5]。

> 在杀人魔窟中美合作所的极刑拷问下，她受尽了老虎凳、鸭儿浮水、夹手指、钉镣铐等等各种各样酷刑，特务匪

---

[1] 江竹筠档案，A23。
[2] 罗广斌、杨益言著：《红岩》，中国青年出版社 1961 年版，第 276 页。原话为："下面是六楼写给江姐的《灵魂颂》"。
[3] 罗广斌、杨益言著：《红岩》，中国青年出版社 1961 年版，第 279 页。
[4] 卢光特、谭正威执笔：《江竹筠传》，重庆出版社 1982 年版，第 92 页。原话为："……毒刑是太小的考验。筷子是竹做的，共产党员的意志是钢的……"
[5] 公安部档案馆编注：《血手染红岩——徐远举罪行实录》，群众出版社 1991 年版，第 120 页。

徒没有从她身上找到丝毫线索。她晕死三次,每次,被冷水喷醒转来时,又继续受刑。凝望着连自己也认不出来被摧残的身体,和凝结着仇恨的遍体血污,嘴唇倔强地抽动着,她说:"我是共产党员,随你怎么处置!"

的确,没有人能用肉体抵抗毒刑而不晕厥痛绝;但一个优秀战士的阶级仇恨和战斗意志,却应该熬过任何考验而始终不屈!江竹筠同志,就是这样一个忠诚和老实的共产党员,在敌人面前表现了无比的英勇。

1962年2月17日,中国青年报组织了部分读者举行小说《红岩》的读者座谈会。中共中央高级党校学员陈家骏在"江姐在生活中"的发言中说:"我和江竹筠同志相处过一年,真可说是一年相处,终生难忘……1947年6月,国民党在重庆制造了'六一'事件,逮捕了一千多名共产党员和进步同学。当时江姐非常镇静,她叫我们仍然留在重庆,但是给我们每个人改姓名,换职业,重新分配了工作。当时有的同志很急躁,认为应该马上回到原来的学校去,组织群众与国民党直接斗争,否则就对不起被捕的战友。江姐就亲切地说:共产党人是需要有前仆后继的革命精神的,但是也要讲斗争的策略;在地下党组织已经暴露的情况下,要求回到原单位去并非勇敢,而是一种冒险的行为,可能给党带来更大的损失。有的同志又担心,既然敌人正在搜捕共产党员,我们不离开重庆是否很危险?江姐又耐心地说明,党的工作要求我们继续留在重庆;敌人虽然到处搜捕,但重庆是有一百多万人口的大城市,只要我们改姓名,换职业,敌人想抓我们就好比海底捞针。结果,把大家都说服了。"

《中国青年报》1962年6月14日,读者昭凯在《飞翔吧,永远朝着东方》一文中写道:

永远朝着东方,永远向着党,是每一个革命者应该首先解决的政治问题,是革命的坚定性问题,它表现在对党、对共产主义事业、对革命前途具有无比的信心,能够经受得住任何艰难困苦的考验,能够在哪怕是天空充满了乌云、革命遭受到挫折的时刻,也坚信革命的星星之火,终会成为燎原之势……她(江姐)做到了像自己所说的那样,在风险面前,决不退缩,一往向前;在考验面前,脸不变色,心不跳!这就是无产阶级革命坚定性的具体写照,也是革命烈士用他们的鲜血描绘出的光辉形象。

不论是读者的文章,亲属的回忆,还是战友的叙述,红岩在加速传播,成为脍炙人口的话题。为了满足社会和人民群众热议红岩的需求。从1962年6月开始,《中国青年报》就开设了《红岩精神礼赞》专栏。有读者在座谈会上说:"江姐和其他男同志一起,挺立在囚车上面,像迎接庄严的战斗,像迎接即将到来的光明。看,他们的脸上充满着胜利的欢笑,洋溢着圣洁的光辉……"这段话给人的印象非常深刻。这段话写出了革命者面对死亡毫不畏惧的样子,表现了江姐等革命者视死如归宁死不屈的乐观主义精神,使人深受感动。

多年以来,像以《红岩》人物江姐为题材所进行的文学创作持续不断,这在中国绝对是一个不可不研究的文化现象。

人应该怎么去奋斗?人应该怎么去追求?我们无法去统计有多少人看了江姐的剧目、听到江姐的事迹后,自己的内心被净化,灵魂被升华,以及怎样影响了自己的人生作为。

万人敬仰红梅赞、大安故里革命魂。大安出生的江竹筠,她热爱生活、向往幸福,但是为了新中国的解放事业,为了免除下一代的苦难,她坐穿了牢底而奉献出自己的青春和生命乃至于家庭。她的事迹为人们提供了一种行为坐标的参照系。

功成不必在我、有我勇于奉献。在江竹筠身上，寄托了革命的英雄主义和革命的浪漫主义两种精神的融合。她结了婚，有了自己的孩子，但是为了执行党的任务她义无反顾走上前线。坚守在地下党联络岗位上时，她不断写给亲人的书信中体现了她"以天下为己任、舍小家为大家"的革命情怀。她是一位坚强的战士，也是一个好妻子和好母亲，最后为了革命事业她又舍弃了难舍的一切。一个人要抛弃自己的家庭、抛弃自己的儿子，在这个痛苦的抉择中，是什么东西在支撑着她？那就是中华道德文化中的以天下为己任，修身齐家治国平天下，牺牲我一个人，换来万人的幸福，生而为英，死而为灵的崇高价值追求。

小说《红岩》中塑造的"江姐"是革命文物史料与艺术形式最有效地结合创作出来的英雄人物形象。小说《红岩》及其后各种文学艺术形式的改编创作体现了国家倡导的主流意识形态价值取向。人民有信仰、国家有力量、民族有希望，文学艺术形象所塑造的革命英雄主义为大众提供了人生行为坐标的参照系。以江竹筠为代表的革命烈士人生奋斗事迹，通过各种文学艺术形式的传播，形成了红岩文化。

当前，文化发展与旅游发展深度融合，文化是旅游的灵魂，旅游是宣传文化的载体。

红色旅游是把红色人文景观和绿色自然景观结合起来，把革命传统教育与促进旅游产业发展结合起来的一种新型的主题旅游形式。

从小说《红岩》到红色旅游——红岩从文学作品到红色旅游，彰显了革命英雄主义文化的魅力和独有的红岩文化特色。这种革命英雄主义是中华民族昂奋达观、坚毅内忍、弃旧图新、勇于奉献的精神延伸、发展，它凝固着我国人民、我们先辈优秀的文化传统，这个传统所固有的精神力量和思想价值远远超过历史上任何阶级、任何个人所能达到的高度。江竹筠烈士就是革命英雄主义的典型代表，是红岩历史中重要的英雄人物。提到《红岩》小说就要说到江姐，说江姐就要提起红岩，红岩成为中国革命历史文化中的一个显著的标志。

"红色旅游"打造的红色旅游线路和经典景区，既可以观光赏景，也可以了解革命历史，增长革命斗争知识，学习革命斗争精神，培育新的时代精神，并使之成为一种红色文化。

这种红色文化，它有什么样的特征？

作为反映和表现革命英雄主义的红色文化有三个明显的特征：

一是信息集中——大量甚至全部的内容是关于理想、信念、奉献、忠诚、担当等。

二是方式明确——表现的是国民党统治区地下党斗争、秘密战线、武装起义以及监狱这个特殊战场的斗争。

三是可复制性——能够被各种文学艺术形式转换为小说、电影、歌曲、快板书、卡通等。

小说《红岩》主要取材于解放战争时期川东地下党的斗争，运用人物、事件的史料及各种回忆记载资料进行的源于生活、高于生活的文学创作。

小说《红岩》以惊心动魄的斗争画面和崇高的革命精神展现了共产党人信仰的力量，表现了革命者坚定的理想信念和对党的绝对忠诚，它被称为一部共产主义精神和革命气节的教科书。其后的各种文学艺术形式，从各自特点出发进行的再创作，进一步从不同的角度揭示了革命者"失败膏黄土、成功济苍生""为免除下一代的苦难，我们愿把牢底坐穿"的无私奉献精神。伴随着共和国的步伐，江姐成为家喻户晓的革命英雄主义代表人物之一，《红梅赞》的歌曲、《绣红旗》的舞蹈从未消失在时空，而是成为革命文化的经典。

三 红岩史料中记载的江竹筠

投身革命　一心向党

江竹筠档案中记载："1948年云阳起义，丈夫彭咏梧同志殉难后转到万县地方法院作职员，在党内任下川东地委委员，6月在万县被捕后押'渣滓洞'监狱。"①

"江竹筠在狱中表现极为顽强，面对徐远举、陆坚如、张界②、王仁德等一连串的侦讯，遭受夹筷子、吊打等酷刑威逼，受尽人间痛苦，始终保全革命组织，毫不动摇。"③

国民党重庆绥靖公署军法处法官张界的交代材料中记载：……江竹筠她是伪万县地方法院的系事④，她是藉伪法院的系事身份来掩护其从事地下党活动……，江竹筠被捕后，特务就对她用了刑讯，她没有承认。到了重庆，徐远举首先问她组织关系，她没有承认……⑤

---

① 江竹筠档案，A23。
② 张界，化名张宝兴，江苏浦江人，主要负责国民党军统特务系统的军法、司法审判，人称"催命判官"，重庆集中营三号刽子手。1949年10月28日，张界亲自监督特务们杀害陈然、成善谋、华健等烈士；11月14日杀害江姐、李青林等30位革命志士。1957年秋，张界被枪决。
③ 江竹筠档案，A23。
④ 系事，旧时通称"法官"或"审判官"。
⑤ 张界交代材料。

被难烈士登记表

姓名	江竹筠	化名		性别	女	年龄	卅岁	籍贯	自流井	成份出身	
学历	川大农艺系肄业						职业	万县地方法院职员			

注：竹筠的乙儿中华器娟华、命名彭云、照片现贴像片没有？

略历：文化志也很久，有十余年，世纪运看爱苦的出身，学毕业于蓉地等或考见去川大农艺系。坐奉老卅三角休与彭永诸同志，恋爱参加革命工作，接夫夫在倚中央行托与民革命反南东育中学校是六一小伴的艰挫。

参加何党派及政治团体：一九四七十一月其夫被难后随同志下乡到万县工作后下东地委之一次党经发到建解西南学院党支部。

生前为革命事业的活动情况：

被捕	1948年 6月 14日	时地点	万县	被难	1949年 11月 14日	时地点	米华路电台

被捕原因及狱内经过情形：因地方法院工作职员看滑卖公女后等预借军家刑表现要受去残护家眷挤家。因大彭的关系要刑拒爱寇死方三画者刑共告插先失横，终寒无损，了出巴的生维。000003

遗物及著述：

工作年谱	何年月日至何年月日	在何机关	任何职务	何年月日至何年月日	在何机关	任何职务	备考

烈属情况	直系亲属代表人	谭竹安		住址	渝中兴崎大公报					
	父亲	无	职业		母亲	无	职业		现在住址	
	妻		职业		学历				现在住址	
	子女姓名及其年龄学历职业及现在住址	其子彭云今现年三岁由彭咏诸其兄撫华								
	家庭经济情况	现遗前妻谭正伦及其子彭咏态（十岁）和彭云三人靠远亲亲友								
	有何困难	家需各女教育费及生活费								

具填人	谭竹安	签名盖章		鉴定人		签名盖章		批准人		签名盖章	

重庆各界追悼杨虎城将军暨被难烈士筹备委员会制　一九五〇年 1月 9日

国民党重庆绥靖公署军法处法官张界的交代材料（1）

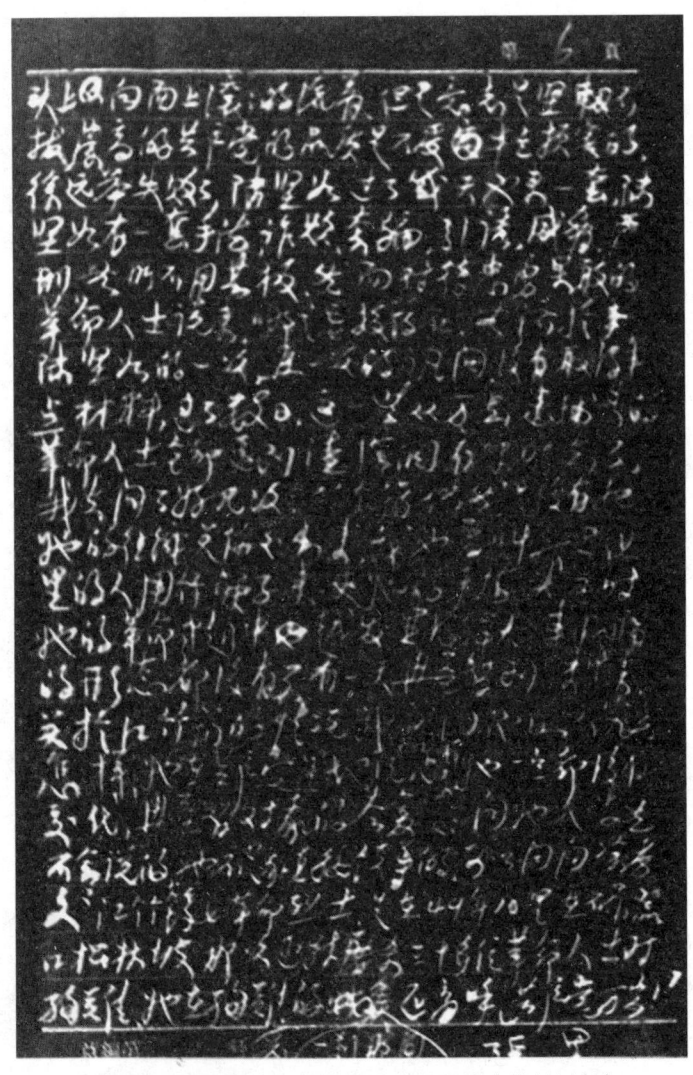

国民党重庆绥靖公署军法处法官张界的交代材料（2）

史料中的江竹筠是怎样的一个人？她又是怎样走上革命道路的呢？

江竹筠原名江竹君，竹子的竹，君子的君，取"梅兰竹菊"四君子之意，寄托着家人和自己对高洁品质的追求。8岁时，她和弟弟江正榜随母亲来到重庆。1930年，10岁的江竹筠投靠了她的舅舅李义铭。江竹筠的母亲李舜华找到在轮船上办伙食的丈夫江上林"多少给家里帮助一点，勉力让十岁的竹筠和八岁的正榜去上小学，但只读了半年。轮船公司破产，江上林失业，独自回家乡做小生意去了，几年后病死在家乡"[1]。

由于生活的艰辛，10岁的江竹筠和母亲又被介绍到舅妈负责的南岸大同袜厂找到了工作，竹筠去当童工。她才10岁，没有机器高，袜厂老板特为她制了一个脚凳。她很快学会了技术，产量赶上了成年人，但仍只能得到童工的低工资。

1932年，江竹筠做童工已近两年，因年龄太小，每天做工十二小时，身体拖垮了。妈妈和弟弟也生了病。她们便被袜厂辞退。妈妈又去帮三舅带小孩和干家务劳动，三舅凭他与教会的密切关系，送竹筠姐弟到教会办的孤儿院小学免费入学。[2] 得到读书机会的江竹筠"特别勤奋，成绩优异，连升三级后，到五六年级还能稳得班上第一名，按成绩总分也是全校第一名，荣获学校银质奖牌"[3]。

在江竹筠的成长道路上，有两个人对她曾经有过重要的影响，一个是舅舅李义铭。由于家境贫困，江竹筠曾经想去打工挣钱减少母亲的辛劳，特别是母亲还带着自己的弟弟。但是，舅舅李义铭却坚持要她读书，"在城市里没有文化，没有知识，根本待不下去。只有知识才能改变自己"。在舅舅的一再要求之下，江竹筠继续读书。后来，李义铭的子女也在江竹筠影响下走上革命的道路。

---

[1] 江竹筠档案，A291。
[2] 江竹筠档案，A291。
[3] 江竹筠档案，A23。

江竹筠与母亲及弟弟江正榜合影

另一个人就是收留江竹筠在孤儿院小学的实业家、慈善家刘子如①。刘子如创业艰辛,事业成功后举办慈善事业。他虽然富裕,但坚持"绝不留金钱给儿孙买辱"。因此在开办慈善事业的教育中要求学生:扎实学习,一切靠自己努力。

"天下万般苦、唯有读书高",这是江竹筠在读书时非常强烈的认识,她读书异常勤奋,立志要通过知识改变自己的命运。其实,江竹

---

① 刘子如,当时经营代理缝纫机生意,投资办有基督教教会孤儿院。抗战时率川军上前线参加抗战。

筠天资并不特别聪明，但是她却有坚强而惊人的毅力。这毅力根源于：

> 她向往读书太久了，十二岁才如愿，她有明确的学习目的，艰难的处境和硬气的母亲时刻教导，她决心要真正学点本事，将来能够找到工作，独立生活，不让母亲长久当佣人。因而她学习非常勤奋。勤能补拙，她跳级之后算术课困难很大，她和一同跳级并成为挚友的何理立等订下一条规矩：在教室做完当天的习题，不做完不出门。①

她特别珍惜时间，一刻一分都不放过。她什么书都看，课堂上的书本不能满足她如饥似渴的求知要求后，她就与好友何理立等同学一道去向老师借课外书来读，饥不择食，她几乎看完了几位老师的全部藏书，增长了知识，也开阔了眼界。

在孤儿院小学，江竹筠遇到了一位对她产生重要影响的老师丁尧夫。丁老师是一名地下党员，以教师公开合法的身份在学校秘密开展进步活动。在课堂上，有的教师不遗余力宣传"共产党共产共妻"等等，部分教师也添油加醋，恶毒攻击，唯独丁老师从不作类似讲话，并且还经常给学生们看创造社出版的《鸭绿江上》、太阳社出版的《匪徒的呐喊》以及鲁迅的《狂人日记》等读物，这些书中强烈的反抗民族压迫和阶级压迫的思潮激发着青年人的正义感……②

在教学中丁老师发现江竹筠这个学生学习非常刻苦努力，就是吃饭、走路，甚至上厕所都在看书，较之其他同学求学、求知的发奋引起了他的关注。

丁老师与江竹筠接触，了解到她要通过知识改变自己的命运，于

---

① 卢光特、谭正威执笔：《江竹筠传》，重庆出版社1982年版，第9页。
② 江竹筠档案，A23。《何理立回忆》，第29页。

是就经常启发江竹筠认识社会问题，并且与她一起分析社会问题：一个人可以通过发奋学习用知识改变自己的命运，但是天下那么多的穷孩子，又应怎样去改变他们的命运？如果不改变社会制度，不推翻剥削阶级，永远都无法彻底改变现状。丁老师的启发教育，使江竹筠懂得为什么要读书、读书为什么等问题。同时，在与丁老师的不断深入交往中，她逐步在思考和认识人与自然、人与社会、人与人这些问题。个人命运离不开社会，社会离不开个人，人与社会的关系，必须与社会结合才能够有所解答。这是江竹筠当时的想法。

舅舅李义铭的严格要求，慈善家刘子如的影响，老师丁尧夫的教育启发，使江竹筠在发生着变化。

1935年，丁老师在上课的时候，突然被冲进教室的国民党当局逮捕！江竹筠等学生非常气愤，问"为什么抓我们的老师？"结果学校说：丁老师是"共产党""共匪"！

共产党这个名称第一次进入江竹筠的头脑。

丁老师，这么有学识，这么好的老师是"共产党"，这"共产党"是干什么的？她决定要做像丁老师那样的共产党人。"共产党是好人"的结论在学生心中再也无法抹灭。"要寻找共产党"的信念在他们几个幼小的心中扎了根。①

1936年秋，江竹筠小学毕业后考入重庆南岸中学读书，免缴学费，并且她成绩优秀，每期都获得奖学金。

1936年西安事变爆发，江竹筠和戴克宇②心中仍然挂念着丁老师，她俩"私下窃喜，杀了蒋介石，丁老师会放出来"，不久蒋介石不但未杀还放出来了，还要开什么庆祝会，她俩愤而拒绝参加。③

---

① 江竹筠档案，A23。
② 戴克宇1938年加入中国共产党，辗转于重庆、贵州、四川等地乡村小学教书，其丈夫李培根为地下党负责人。
③ 江竹筠档案，A23。

1937年，全民族抗日战争爆发，蒋介石在全国人民抗日怒潮的逼迫下，接受了共产党停止内战、联合抗日的要求，释放了因积极从事抗日救亡运动而被捕的爱国会领导人沈钧儒、邹韬奋、李公朴、章乃器、王造时、史良和沙千里等，放松了对学校和社会团体的爱国活动限制。全国各地抗日运动迅速高涨。在这民族存亡的时刻，学生们纷纷走上街头宣传抗日，江竹筠怀着满腔的热情，与同学们一起组织了歌咏队、宣传队，上街宣传、演剧、唱救亡歌曲、办壁报，积极投身抗日救亡运动之中。在募捐寒衣运动中，江竹筠一个人为前方将士做了五件棉衣，给领导这一活动的地下党员曾丝竹老师留下很深的印象。他说："江竹筠并不是个出风头的学生，她那扎实的态度，在当时的爱国青年中，也不多见……"[①]

在江竹筠档案中对她有如下记载[②]：

> 江竹筠通过学习的思想变化："1937年，全民族抗日战争爆发后，竹筠同志和当时广大的青年一道，积极热情地投入抗日救亡运动，办壁报、演戏、阅读各种救亡书报，如《中国的新西北》《全面抗战》等书刊。她的思想领域愈渐宽广了，开始由'个人学好本领，独立生活'的志愿，扩大到为了民族的解放。"

> 小学毕业的江竹筠1936年又在南岸中学读书。1939年再考入何鲁之办的中国公学，在那里她加入了中国共产党。江竹筠的舅妈回忆说："……在南岸中学读书，后来中学迁浮图关。毕业时江姐得过银盾，奖励她学习好。"

1938年秋冬，国民党撤出武汉、长沙，并借口焦土抗战，火烧长

---

① 卢光特、谭正威执笔：《江竹筠传》，重庆出版社1982年版，第14页。
② 江竹筠档案，A23。

沙，引起人民极大义愤。由于学生参加爱国活动，学校当局与学生发生矛盾。南岸中学以防空疏散为理由，宣布学校迁往江津。江竹筠没有随学校迁移，1939年春天，她考进巴县兴隆场中国公学附中读高中，她依然力求上进，刻苦钻研功课、喜欢阅读课外书籍；也关心时事政治、热心社会活动。

戴克宇在回忆材料中写到江竹筠学习情况时记载："我和竹筠同志认识是1939年寒假在重庆巴蜀中学投考高中的时候，我们第一次见面是在考场的走廊里，彼此作了自我介绍和简单谈到过去和考试的情况。当时她给我的印象是：中等身材、面庞圆润、衣着朴实、举止稳重、对人诚挚、和蔼可亲。"

"当她和我在一起读书时，给我深刻的印象是她沉静好学、没有当时女孩子具有的那种娇气和虚荣心。她苦心钻研功课，但不读死书。她既关心政治，也认真读书，而且能批判地接受老师所教的功课。有的教师在讲课时散布了反动的思想观点，她当时就记下，一下课我们就议论起来。记得有个教员有时讲课内容反动而庸俗，竹筠同志听课时很生气，在上课就提出疑问。"

江竹筠在学校不仅喜欢读书，而且求知欲很强，戴克宇曾描述江竹筠学习的细节："由于她学习认真，所以学习成绩优良。她还经常关心时事，热心参加社会活动，我们曾一起办壁报，到场镇上宣传。她喜爱阅读党在重庆出版的《新华日报》和《群众》杂志等报刊，还尽量利用假日和课余时间学习革命理论。当时党分配我保管了许多革命理论书籍，如关于毛主席的著作，关于抗日救国的理论，关于哲学、政治经济学以及介绍苏联的著作等。竹筠同志经常向我借阅这些书籍。她的求知欲很强，遇到不理解的问题，就随时提出来与周围的朋友进行讨论，力求得到解决。她每看一本书都要谈谈自己的感想和看法。记得她读高尔基的小说《母亲》和绥拉菲谟维支的小说《铁流》后，对小说中革命英雄人物英勇斗争的形象很感动，她对我

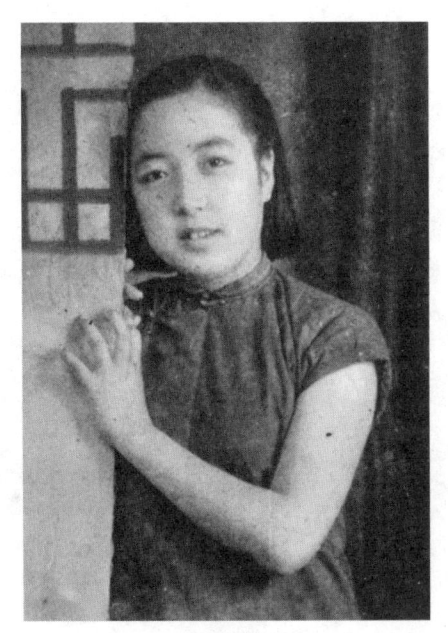

戴克宇

说：'是什么力量支持和鼓舞她们？'那时我们班上六个女同学，除我以外，还有一个是党员。根据原来熟悉竹筠的同学介绍和她在校的实际表现，在第一学期的中途，党组织就确定她为党的积极分子，并指定我和那位党员同志经常和她联系。"

1939年，正是国民党策划发动第一次反共高潮时期，"当时很多人对形势看不清，对前途悲观失望而苦闷消沉，少数原本自命为进步分子则经不起困难的考验而颓废堕落了，而竹筠同志的觉悟却一天比一天提高，革命意志更坚强。她说，唉声叹气有什么用，有志气的青年应该投入实际的革命斗争"。

对于加入中国共产党江竹筠意志坚定，戴克宇回忆："一天，她对我说：'这里环境太黑暗了，我想不读书去参加革命斗争，去找党的组织。'当我告诉她在国民党反动统治区，处处老鸦一般黑，在哪

戴克宇与李培根夫妇（江竹筠的入党介绍人戴克宇以及当时批准其入党的支部书记李培根）

里都可斗争，学校就有党组织时，她立即提出了入党的要求。党组织根据她的觉悟和平时的表现，很快批准了她入党，这使她感到异常的兴奋和鼓舞。那天晚上夜很深了，她还和我摆谈她将怎样为革命而斗争的一些想法。我告诉她，入党后是会遇到各种艰难困苦，也可能牺牲的呵！你是否再三考虑过这些问题？她断然回答说：'要革命还怕什么？革命本身就不是安乐与享受，我既然决定入党，就是把自己的一切贡献给革命事业，甚至宝贵的生命。'记得是1939年夏天，在一个晴和的星期日，我们和党支部书记一道，走到一个小溪旁的竹林里，她举起左手，面部呈现出十分庄严肃穆的神情和坚定的目光向党宣誓：我志愿加入中共，坚决执行党的决议，遵守党的纪律，不怕困难，不怕牺牲，为共产主义的实现而奋斗到底！……"①

入党后的江竹筠感到"增添了新的力量，精神更充实、更乐观，

---

① 江竹筠档案，A23。

生活更有意义"①。

有了党组织关系,江竹筠的革命活动更加坚实,她积极服从组织安排,当时有三个党员同学住在学校附近的群众家里,成为党的一个联络点。为了避免引起别人的注意,组织上要她尽量少去,她认真照做,每次约好地点开会,她总是准时到达,而且不引人注意。她平易近人,善于联系群众,肯帮助人,凡是和她接近过的人,都乐于和她结交,党内外的同学朋友,都亲昵称呼她"江竹",大家都觉得她表面看起来冷静不多说话,心里却热得像一团火在燃烧。

---

① 江竹筠档案,A23。

年轻的革命战士

1940年8月，巴县兴隆场中国公学附中因经费困难而停办，江竹筠在这里并未读完高中，所以学校只颁发给她一张修业文凭。

抗日战争时期国共两党合作，中央对国民党统治区地下党组织要求实行"隐蔽精干"的原则。南方局贯彻中共中央"隐蔽精干"原则的具体措施是采取"三勤三化"。

"三勤三化"系南方局在国统区独特的工作方法和斗争策略。南方局一成立，红岩共产党人面临着全新而复杂的局面：国共合作开始，国民党秘密制定了一系列防止异党活动的措施。形势决定策略，南方局书记周恩来向国统区党组织发出了"三勤三化"工作指示。

什么叫"三勤三化"？党员干部勤学习、勤工作、勤交友，职业化、公开化、合法化，巧妙地把公开工作和秘密工作、合法斗争结合起来。抗战时期，周恩来要求"党员发展必须重质量，不追求数量"。对于进步以及要求入党的群众可以通过建立据点的方法来组织领导。建立"据点"是周恩来同志对做群众统战工作的一个要求。据点是一种没有统一名称，也没有章程，也无固定形式的组织，遇事则聚。党员要能够埋伏在群众中去发挥作用，因此，据点是经过党的骨干分子深入细致的群众工作而形成的。

在中华职业学校会计专业学习时的江竹筠

    时年 20 岁的江竹筠为了寻求一项可以掩护地下工作的职业,同好友何淑富按照上级指示于 1940 年秋考入了重庆中华职业学校会计专业学习,同时担任该校和附近地下党组织的负责人,主要做青年学生工作。江竹筠在职校学习刻苦,那时学校没有电灯,晚上,江姐便同几个同学围着一盏桐油灯自习;清晨,天刚蒙蒙亮,就到山头上阅读课文。在这样艰苦的学习环境下,江竹筠的考试成绩总是名列前茅,并获得了奖学金。职校的语文老师庞翔勋回忆说:"江竹筠那时学习很刻苦,文章写得好,我印象很深。"

    1941 年 1 月 4 日,党所领导的新四军,为了团结抗日,根据国民党的要求和双方协议,从江南向江北转移,行至安徽南部茂林附近,

学生证明

突然遭到背信弃义的国民党军队袭击，新四军军部遭受重大损失。这就是全国人民痛心疾首的"皖南事变"。国民党顽固派阴谋得逞后，反动气焰嚣张，开动一切宣传机器，倒打一耙。在报纸上污蔑共产党新四军"不听军令政令"。1月17日悍然发布所谓命令，取消新四军番号，将新四军军长叶挺"交付军法审判"，并向新四军在大江南北的部队进攻。由此掀起了臭名昭著的第二次反共高潮。在国统区实行白色恐怖，严密封锁消息。迫使《新华日报》常常"开天窗"；又指使伪工会以抓捕殴打报童，拒售、没收报纸等手段来阻止《新华日

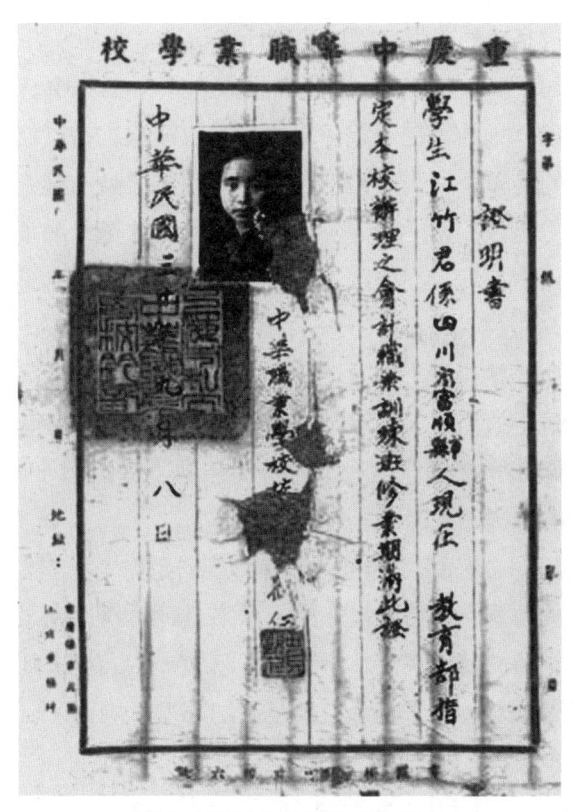

重庆中华职业学校的学生证明

报》发行,中华职校师生得不到真实消息,"三青团"趁机活跃,妄图用《中央日报》《扫荡报》捏造的"异党暴乱"等欺骗宣传来蒙蔽群众,打击进步群众。

为了打破国民党的新闻封锁,让群众了解事变的真相,周恩来领导南方局在重庆,对国民党顽固派从政治上和宣传上进行了猛烈反击。周恩来同志在《新华日报》开天窗处题词:"为江南死国难者志哀",并题了首诗"千古奇冤,江南一叶,同室操戈,相煎何急!"对国民党进行了有力的声讨，同时秘密印发传单。①

"皖南事变"期间，江竹筠积极投入到革命工作中，为了打破敌人的新闻封锁，她约了在一起学习的挚友何理立，在该校秘密散发地下党交给她的传单——十八集团军的声明和宋庆龄、柳亚子、何香凝的声明，做得巧妙利索。她还将部分传单交表妹杨蜀翘拿到精益中学和菜市场去秘密散发。在这次新的反共逆流中，不少党组织暴露或遭到破坏。竹筠虽然只有二十一岁，但工作踏实稳重，态度冷静沉着，善于联系群众。她在班上也参加进步学生的活动，但不突出个人。所以她和她所领导的党组织，不但未被破坏，而且工作还有进展。②

从中华职业学校毕业以后，江竹筠被地下党组织安排到宋庆龄、邓颖超领导的中国妇女慰劳总会工作。

"皖南事变"发生后，中共中央南方局按照中央"隐蔽精干，长期埋伏，积蓄力量，以待时机"的十六字方针，作出调整重庆地下党组织、紧缩党员数量的决定。当党组织疏散一些人员去延安时，江竹筠提出要求去延安。为了表示自己坚决的态度，她写了一首《到解放区去》的诗表明决心：

> 我要到敌后，
> 到解放区。
> 我厌恶，住在腐烂了的城市，
> 跟着烂下去。
> 我恨不得，早点离开
> 那政客们所玩弄，
> 就是特务的盯梢，
> 狞笑和狂吠的这些学校。

---

① 卢光特、谭正威执笔：《江竹筠传》，重庆出版社1982年版，第20页。
② 江竹筠档案，A23。

江竹筠(左)与同学的合影

烈火，在地面燃烧；
烈火，在我心里燃烧呵！
我已经，决定了
我就要到敌后，
到解放区……

江竹筠的诗，也让我们了解到国统区的现实情况：前方吃紧、后方紧吃，官僚主义、贪污现象严重，整个城市在灯红酒绿中"烂下去"。特务横行，压制民主，监视学校学生。青年们在呐喊，在抗争！同时，她也表达了她内心迫切想到前线参加斗争的愿望。

但是，地下党组织没有批准她去延安，而是要求她继续留在重庆工作，地下党组织考虑到江竹筠虽然参加了进步活动，但在斗争中她不突出个人，不太引人注意，严格地执行地下党纪律，因此她和她领导的组织始终未暴露。因此没有批准她去延安的请求，并且向她说明

2016年9月23日江姐之子彭云（左2）、儿媳易小治（右1）到医院看望戴克宇（左3）。左1为戴克宇长子李晓滨、左4为李培根。

原因：一是她在重庆工作这么多年，又没出现过任何问题，适合在国统区工作；二是她熟悉重庆的大街小巷，也熟悉重庆组织的联络情况，需要她在重庆工作；三是她对党忠诚，口风很紧，办事干练。江竹筠服从地下党组织的安排，决定留在重庆继续工作。随后，她被川东特委指派担任重庆新市区区委委员，负责单线联系沙坪坝一些高校的党员和新市区内的党员。后来又按党组织安排在綦江铁矿工作了一段时间。

在綦江铁矿工作期间，江竹筠为了隐瞒身份，她在填写履历时特意虚报4岁，将出生日期写为"民国五年8月20日"，实际上她的出生日期是民国九年（1920年）。

江竹筠在綦江铁矿任会计两个月左右，1942年春，因再次受到特务监视，组织上为了保证她的安全，让她迅速转移，于是她离开了綦江铁矿。綦江以"綦（32）字第162号文"呈钢迁会，通报准予江竹筠辞去司事一职。

在国民党反共的逆流中，江竹筠毅然执行重庆地下党交给她的各项工作任务，明知道等待她的是艰难险阻和动荡不安，但她毅然义无反顾、坚持斗争，并且逐渐成长为一名成熟稳重的共产党员。为了贯彻好"十六字"方针，她在川东特委宋林的帮助下，正确领会和掌握了一整套在反共高潮条件下的地下工作方法。

> 如：言行举止要符合自己的社会身份；两人开始接头就要约定公开的社会关系是什么，见面的时候就要准备被逮捕，被捕后两个人说的应该一致；被捕时要尽量把事情张扬出去，给党一个信息；被捕了就要准备牺牲自己，保护组织。在敌人的监狱和刑讯中，心要横，口供（随时都要预先编好）要少，要一成不变；……对群众进行领导要不现形，要蒙蔽在群众之中，"看不出领导才是最好的领导"，"最普通的人就是最秘密的人"。这些工作方法，对于作风朴实，对党忠诚，不爱出风头的江竹筠，是容易接受并能认真实行的。她也经常向她所联系的同志传授这些方法并用恰当的方式进行革命气节教育。①

1943年后重庆地下党又调她到国民党政治部第三厅所属合作社工作任会计。

江竹筠的好友何理立回忆：

---

① 江竹筠档案，A23。

……1941年秋，江到妇女慰劳会工作，由于形势不断恶化，1942年秋江即离开妇女慰劳会去綦江，1943年初返渝，我们又同去国民政府军事委员会政治部第三厅所属合作社工作，当时，合作社要所有人员均参加国民党，我们向组织呈报后，四月底组织决定我们撤离该处，江返渝后即做党的通联工作，只在道门口一单位，冬去建国书店做会计。①

江竹筠的入党介绍人戴克宇是这样评价她的："我和竹筠同志相处只有一年时间，但她留给我的印象是那样深刻，永不磨灭。……解放后我回到重庆，满以为可以和竹筠同志见面了，没想到当我们兴高采烈地欢庆胜利的时候，竹筠同志已为革命牺牲了，这使我感到无比的悲痛和悼念！现在竹筠同志英勇就义已经13年了，她在艰苦的革命斗争中，经受了严峻的考验，她履行了入党时的誓言，把自己的一切献给了伟大的无产阶级革命事业。竹筠同志生的伟大，死的光荣，她忠贞不屈的革命战士的英雄形象，将永远活在我们心里，像挺立红岩的苍松一样的万古长青。"②

---

① 江竹筠档案，A23。
② 江竹筠档案，A23。

四　敢于担当、执行纪律

从假扮夫妻到革命伉俪

为落实南方局"建立坚强的西南党组织"的决定,开展整风学习,加强重庆党组织领导力量,建立发展"据点",地下党组织决定把云阳县书记彭庆邦调重庆工作并将原名"彭庆邦"改为"彭咏梧[①]"。

1943年5月党组织交给江竹筠一项特殊任务:与地下党负责人彭咏梧假扮夫妻。

地下党组织为什么要做出这样的决定?

万县党史工作者陈汉书、杜之祥写的《彭咏梧烈士传略》中记载:"1941年秋,在国民党顽固派进行第二次反共高潮前后,彭咏梧接受党的指示,移交了云阳县委书记的工作,从下川东来到重庆,充实重庆市委……老彭调来重庆后,任市委委员。……组织上便通过市委委员莫达(即何文逵)的关系,给他找到了公开的职业作掩护。先在南岸海棠溪大陆运输当会计,半年后,莫达又设法把彭咏梧弄到他工作的伪中央信托局做雇员。后来,局里的产物保险处办训练班,彭

[①] 彭咏梧,原名彭庆邦,1915年出生于四川云阳县红狮坝彭家湾的一个贫苦农民家庭。1938年加入中国共产党。1940年任云阳县委书记,1941年调任重庆市委任委员,负责组织宣传工作,领导重庆学运和负责《挺进报》的工作。

咏梧去参加学习，结业后，于1942年8月，转成为中央信托局的正式职员。……1939年夏天，党的万县中心县委曾派彭咏梧到重庆，到中共中央南方局党训班学习。"①

《彭咏梧烈士传略》中记载了彭咏梧保护红岩村主人饶国模的事情："1947年5月，国民党反动派决定6月1日在全国各大城市对共产党员，进步学生和民主人士进行一次大逮捕。彭咏梧从内线得知反动派抓人的部分名单，其中有饶国模老太太。'决不能让敌人对饶国模下毒手。'老彭当机立断，跑到职业妇女托儿所，找到地下党员金蕙若要她立即通知饶国模老太太迅速转移。饶老太太十分激动，深深感到党组织对她的关怀和爱护。她拿出一把非常好的纸扇交给金蕙若，要金转交给党组织作个纪念。"②

彭咏梧是如何得知这样的情况的呢？③

在银行界做高级职员的地下党员何文遽，一次偶然的机会，发现了原来的一个同学在重庆枣子岚垭的国民党二处当特务，还负有一定责任。他立即向彭咏梧汇报了这件事，并提出：与特务的这种关系，是不是要回避。两个人几经磋商，反复地权衡利弊，彭咏梧说："这种关系不宜回避。你回避他，他晓得你是银行界的高级职员，一定要来找你，那样反而被动。倒不如你借故专门去找他，和他拉拉关系，这样一来，他不仅不会怀疑你，相反，还可以说明你在政治上很幼稚，是个'糊涂虫'。"

在老彭的筹划下，一天，老何到特务那里去玩时，故意傻头傻脑地问那个特务："喂！你们把那个许晓轩捉来，关

---

① 江竹筠档案，A23。
② 江竹筠档案，A23。
③ 江竹筠档案，A23。

在哪里的呀？闹得个满城风雨！"原来我们党的负责人许晓轩同志被特务逮捕后，很久不知道下落。老何的问话，使特务大吃一惊，他赶忙走到门口，看看附近有没有人偷听，立即转过身来，用眼睛死死盯着屋里这个问话的人，但这个人似乎是随便说说，还傻乎乎地望着他哩。

"你几个脑袋？这件事，你可不能问。"特务训斥着面前这个政治"糊涂虫"。但他后来，还是把"不足为外人道"的秘密，告诉给这个"糊涂虫"了。

"糊涂虫"便毫不含糊，立即找到彭咏梧，一起研究起对策来。

1943年秋，根据南方局贯彻延安整风学习的精神，彭咏梧从南方局组织部带回《中共中央关于增强党性的决定》的重要文件。按照要求，彭咏梧要组织所联系的70多名党员学习，每人的学习思想汇报材料要亲自审读，还要形成报告上报南方局。当时彭咏梧虽是中央信托局的中级职员，但因为没有家眷，只能住在单身宿舍，十几个人住在一起，这样的环境，很不利于领导整风学习。恰巧这时中信局刚修好职工宿舍，于是党组织决定给彭咏梧派一位女同志来协助工作，与他假扮夫妻，可借口有了家庭，分到一套住房，更好地开展工作。

其实，彭咏梧已经有了家室，并且还有了一个近四岁的儿子。其妻子谭正伦①正在老家云阳。彭咏梧到重庆不久，即经过组织同意，给妻子写了一封信，叫她带上儿子到重庆来。但是，因当时儿子彭炳忠正在出麻疹，谭正伦举债在云阳办的一个家庭纺织作坊刚刚开张，于是她给彭咏梧写了封回信，希望过段时间，到重庆团聚。谭正伦的回信，引起了市委同志的担心和警惕。当时重庆正处于白色恐怖之

---

① 谭正伦原名谭政烈，云阳县故陵镇人。谭家兄妹五人，她排行第三，而女子中她又是老幺，故人称幺姐。1933年谭正伦与彭庆邦结婚，1939年，谭正伦生下一子彭炳忠。

中，形势极其险恶，特务四处搜捕地下党员，稍有不慎，即可能给组织造成很大破坏。彭咏梧来重庆时，市委委员莫达在公开介绍彭咏梧时，说他是中央大学的毕业生，又在北平银行当职员，如果特务因此截获了他的信件，那后果将不堪设想。因此当时市委委员莫达建议彭咏梧立即断绝与下川东的一切联络，包括与妻子的通信。莫达的建议得到了其他同志的赞同。并计划在适当的时候，派人将他的妻儿接到重庆。然而，随着形势的不断变化，这一计划成为泡影。

现在，需要有家庭作掩护时，彭咏梧提出是否把妻儿接来。考虑到彭咏梧的工作性质，他所做的每一件工作都涉及地下党组织的核心机密，特别是整风期间，有大量的文字工作和联络工作需要处理，一个普通的家庭是不能起到帮助彭咏梧工作的作用的。尽管彭咏梧在云阳从事地下工作时，谭正伦也进行了大量的掩护工作，但毕竟她还不是党员，更不要说有从事地下工作的经验。因此同志们提出，能够掩护彭咏梧的，应该是稳健而有学识、能应付各种复杂环境、有斗争经验的党内的女同志。

这些建议，无疑是很有道理的，因此，彭咏梧虽感到无奈，但根据党的少数服从多数的组织原则，他也只好面对现实。把对妻子的内疚深埋于心底。

在人选的问题上，市委经过讨论，选中了虽然年轻但却有着丰富斗争经验的江竹筠。

根据整风运动的学习安排，要求每个党员秘密阅读整风文献，联系实际，写出思想、工作、生活总结。这些材料逐层转到彭咏梧手中，由他弄清每个人的情况，记入脑海，并提出问题与市委的其他同志研究解决，然后，再把这些材料销毁。

在如此繁重、秘密的工作中，彭咏梧需要一个党性强、办事干练的人做助手。

这就是党组织会选择江竹筠的理由。

经过多岗位的锻炼，对党忠诚，熟悉重庆情况，这就是党组织选中江竹筠去做这个特殊任务的原因。

然而，对江竹筠来说，"假扮夫妻、掩护组织，对内上下级、对外是夫妻"，我什么任务都接受过，但去做一个男人的假妻子怎么做？自己没有谈过恋爱，完全没有单独与男人相处过的阅历，她实在是找不出任何经验去支持这个任务的完成，甚至她完全不知道该怎样去做这个内外有别的人！

一向坚决服从党组织派遣和调动的江竹筠，面对这次地下党组织派遣的工作任务，她不但面有难色，而且完全没有任何的心理准备，所以她拒绝了。

党组织对江竹筠说明了实际的情况：党组织为了落实南方局"建立坚强的西南党组织"的决定，将地下党云阳县书记彭庆邦调到重庆充实党组织的领导工作，担任地下党市委委员。为了安全起见，将他名字改名叫彭咏梧，切断他与外界的一切关系，并且花重金给他"安排"了一个国民党中央信托局房产处高级主管职位的公开合法身份。但是，他的妻子，没有地下党活动的经历，也不熟悉重庆的情况，显然不适合调到重庆来进行掩护市委机关的工作。而江竹筠在城市多岗位工作过，非常熟悉了解重庆的情况，有在地下党的经历，无疑是最合适的人选。

"凡有利于党的话才说，有利于党的事才做"，这是在读书时加入地下党组织的江竹筠所奉行的座右铭。当她知道了党组织这样决定的理由后，她没有再拒绝。她回到重庆执行特殊任务"假扮夫妻、掩护市委领导"。

23岁的姑娘江竹筠开始了"假妻子"这个工作。江竹筠的主要任务是为彭咏梧做通讯联络工作。

邻居称呼她"彭太太"时，她差一点忘了自己已"为人妻"，以为不是叫她。她立即警觉起来，时时刻刻提醒自己要有强烈的掩护组织领导的责任感。

为了使自己真正进入到"妻子"这个角色，江竹筠毅然决然地把"丈夫"彭咏梧介绍给自己所有的亲朋好友，称呼他为彭四哥，亲友也跟着她这样称呼。

为了使这个"家"绝对安全和"合法"，江竹筠有空的时候，总是把亲朋好友约到"家"中一起聚会。

在这个"家"里，江竹筠关起门来就能自由地阅读党的文件，不懂的地方可以随时得到彭咏梧的指点。她总是不断地向他的"假"丈夫、"真"领导虚心求教，彭咏梧也不厌其烦地向她说明解释。他们相互交流学习的心得与体会，他们一起讨论加强地下党组织建设的方法，他们一起憧憬共产主义未来的美好……

江竹筠来到彭咏梧身边工作后，彭咏梧感觉工作的安全性、保密性大大提高，几十名地下党员的名字不用做任何记录，江竹筠都烂熟于心，所有的会议决定江竹筠只做口头表达，不留片言只语。江竹筠除了做他的得力助手，搞好通讯联络工作外，还特别关心彭咏梧的身体健康，彭咏梧有肺病，她每天早晨都要买些有营养的食物给他调理身体，把生活安排得有条理，他的身体逐渐好转。而江竹筠也发现，自己到彭咏梧身边工作以后，以前弄不清楚的问题、想不明白的道理，经彭咏梧一点拨就豁然开朗，她感觉自己进步得非常快。所以，随着时间的推移，他们二人在工作上是志同道合、在情感上也慢慢地情投意合。

江竹筠发现自己不但崇敬老彭，而且有了那么一丝爱意在里面。老彭也非常欣赏江竹筠，不仅工作仔细，而且保密性很强，许多组织机密情况她都牢牢地记在心中，不留任何片言只语。这种感情、这种在工作中建立起来的默契是非常真挚的。

何文逵（莫达）回忆说："互敬互爱，为党忘我工作。竹筠同志身体瘦弱，勤俭朴实，经常穿一件阴丹士林蓝的布旗袍，天冷时加上一件红色的绒线衫。为了创造一个为人容易理解的环境,她在繁忙的革命工作之余,尽量做家务事,倾心地照顾好老彭,一一料理得井井有条,处理好邻居关系,人人夸奖她是一位贤淑的好主妇!"①

但是江竹筠清楚地知道,彭咏梧是有妻子、有家庭、有孩子的人,自己不能这么做,她要控制自己的感情,于是她向党组织提出请求:请组织另派他人来替代她的工作。组织上觉得江竹筠说的也是实情,所以拟重新物色人选,接替江竹筠。然而还没有等到合适的人选出现,更严峻的客观现实摆在了她的面前。

江竹筠在执行工作任务过程中,整风文件的传送、组织的要求以及通知等等均由她亲自完成。所以,江竹筠外出工作联络的路线是基本上固定的,尤其是她还经常利用回家的路上去《新华日报》营业部看书。1944年的春天,江竹筠同挚友何理立一道去《新华日报》营业部买苏联小说《虹》,从报社出来,被特务跟踪。她们发现后,想了很多办法才甩掉了"尾巴"。党组织知道后,为了保障市委机关的安全,决定她俩先后转移到成都去躲避。

1944年5月,江竹筠转移到成都。没有找到就业机会,组织上来信同意她投考大学。她苦战了两个月,复习和补习了高中三年的课程,考上了四川大学农学院植物病虫害系。此时,江竹筠改名为江志炜。②在国立四川大学学生入学登记表上有她本人填写的姓名、籍贯、学号等信息。

到四川大学后,她对自己提出严格要求:"既要完成党的任务,又要做一个好学生。"

"在学习上,大学的化学课起初感到困难,因为她高中只读了一年半,未学过化学。但她利用假日自学,虚心向同学请教,很快补足

---

① 江竹筠档案,A23。
② 江竹筠档案,A23。

江竹筠亲手填写的国立四川大学学生入学登记表（四川大学供图）

了弱点，各科都取得了较好成绩。还能主动帮助别的同学学习。"①

在四川大学，史地系的赵锡骅是学校进步活动的积极分子，也是与江竹筠志同道合的好朋友。她对江竹筠的回忆："江姐按党的指示考入川大。由于白区工作的复杂性，她进川大时，'转地不转党'，组织关系仍在重庆。'她经常给学生运动的骨干和领导人当参谋，和他们一起研究斗争策略，总结斗争经验。'我感到她是'最能和党保持

---

① 江竹筠档案，A23。戴克宇《忆江竹筠同志》。

赵锡骅

默契的人'。"①

在生活上的江竹筠，赵锡骅这样写道："在生活上，江姐十分朴实勤俭。她吃饭从不加菜，连酱油豆瓣都不加一点。有时错过吃饭时间，便到女生院围墙外的小棚里买一碗面条就算了。平常穿着整洁、朴素，生活虽然艰苦，但她却乐观健壮，心广体实。"②

但是，江竹筠和彭咏梧一向被邻居街坊认为是天生一对，这个"家庭"突然没有了主妇，邻居们对此有所议论；单位的人许久没有见到"嫂子"了，是不是他们感情出了问题？议论多了、流言多了，对于有着双重身份的彭咏梧的这个"家"不能不说是一种危险的存

---

① 江竹筠档案，A23。《赵锡骅》，第113页。
② 江竹筠档案，A23。

在！彭咏梧作为地下党的领导人，日常生活中应当尽量不要成为焦点人物，现在却成为人们关注的一个中心，显然必须改变这种状况，才有利于隐蔽开展工作和确保党组织的安全。眼下的解决之道，第一是要调江竹筠回到彭咏梧身边，恢复夫妻形象，第二必须让两人做成真夫妻，才能不露任何破绽，堵住旁人口舌和猜疑。

党组织立即决定：江竹筠办理休学返回重庆，并且批准他们结为夫妻。

1945年夏，江竹筠与彭咏梧从假扮夫妻转为真夫妻。这一切都是根据地下党工作的需要，在组织利益高于一切的地下党时期，党员服从组织、牺牲个人一切这是绝不含糊的。

抗战胜利后，江竹筠又回到了四川大学继续读书。

在四川大学期间，她收到了一份意外的礼物，她和彭咏梧爱情的结晶也悄然来到了。当知道自己怀孕的消息后，她激动不已，她想把这个消息及时告知远在重庆的彭咏梧。但当时不能通信，为了让丈夫及早知道，她甚至步行几十里路从成都九眼桥到金牛坝，将这一喜讯告知在四川省驿运管理处的好友何理立，希望她能有机会带信给彭咏梧。但何理立此时已回重庆，不再到成都。当时身边只有好友王珍如，她把这个消息告诉了她，两人一起分享着她即将做母亲的幸福。怀孕后的江竹筠，克服了妊娠反应带来的痛苦，一如既往地投身于学运之中。

这个寒假，江竹筠自己却没有返回重庆与丈夫彭咏梧团聚，留在了成都。

1946年春天，江竹筠要生孩子了。她借住到四川大学附近文庙街姓丁的中学女同学家里。4月初的一天，江竹筠难产了。她的同学找了一辆黄包车，把她送到华西医科大学协和医院妇产科住了下来。因为是难产，需要做剖宫手术。手术前，江竹筠做出了大胆的决定，请求医生做剖宫手术的同时做绝育手术。

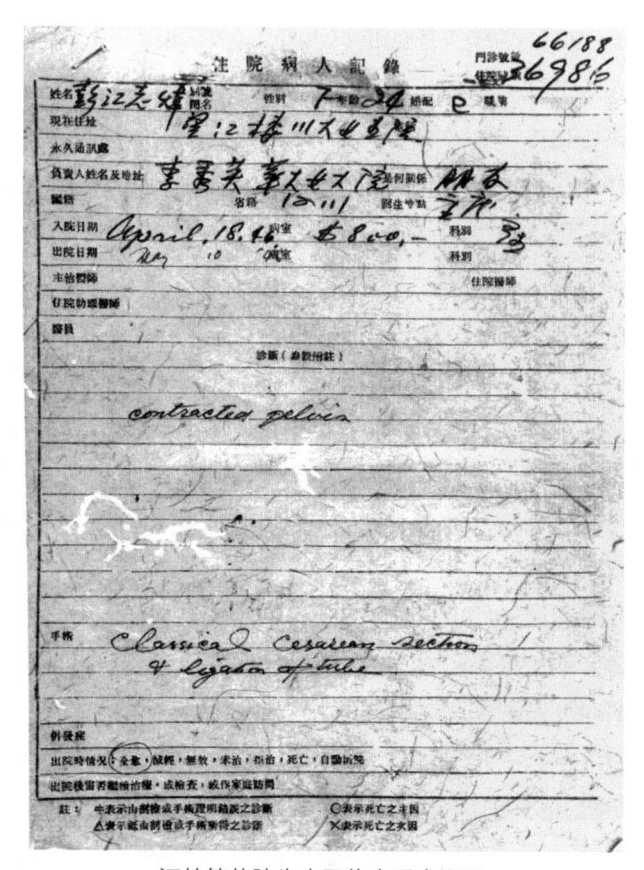

江竹筠住院生产及绝育手术记录

当时医生听了她的这个想法，大吃一惊，她们还没有碰到过刚生了头胎就做绝育手术的，除非是夫妻关系不好。陪护她的同学更是不能理解，当时的社会风气都是多子多福啊，哪有生一个就不想要了的？

江竹筠何尝不想多要孩子，享受儿女绕膝的天伦之乐。可是如今斗争越来越残酷，前方的道路更加艰辛，为了今后工作的方便，只能忍痛割爱。

为了不让这种影响工作的情况再发生，在她再三坚持下，好友黄芬签了字，医生才给她做了绝育手术。这就是江竹筠革命意志的一种决绝，这就是她为了革命敢于献出一切的做法。

半个月后，彭咏梧才闻讯匆匆赶来。得知江竹筠做了绝育手术，彭咏梧虽然很难过，但对江竹筠的行为表示了理解和称赞。当时孩子还未取名，彭咏梧看了看一旁的董绛云，说："孩子是云阳人，又出生在这风云变幻的年代，又是在董绛云她们的帮助下生的，就叫彭云吧！"彭咏梧不能久留，很快回了重庆。江竹筠出院后，继续住在文庙街。婴儿用品很简单，婴儿的衣裳是用旧的改制，盖的垫的也是由一床小棉絮一剖为二而成。彭云有丁同学的婆婆带着，江竹筠很放心，但还是叮嘱带婴儿的婆婆不要娇惯了孩子，不要听见孩子啼哭就抱着走动或喂糖水，她认为娇惯会养成婴儿不良习惯，既增加大人的麻烦，又无益于婴儿的健康。

生下彭云四十天后，江竹筠就回校上课了。学校的课程落下了很多，她抓紧时间赶着课程，让黄芬和董绛云帮她补习。

在四川大学读书期间，江竹筠以饱满的热情投入到学运中，她甚至还抱着小云儿去参加了一次"文笔会"的活动。卢光特曾回忆她在四川大学期间开展的学运状况：她在四川大学的两年，正是抗战胜利前后的民主高潮时期。她投身到波澜壮阔的学生运动中，精神特别振奋。但她不能随心所欲地安排自己，川东地下党组织决定她不转组织关系，不发展党员，以普通学生身份，做好群众工作，主动配合当地党组织壮大革命力量。按这个要求，她置身于进步同学和中间同学之间，更多地接近中间同学。仅作为一般成员参加了"女声社"和"文学笔会"两个进步团体。她参加"民协"（川西党的外围组织"中国青年民主救亡协会"），但没有担任"民协"的领导职务。她避免在学生运动中占据显眼地位，实际上密切注视着运动的整个进程，发现问题就与进步同学互相商量，提出自己的见解。

例如，她发现有些进步同学的政治活动过多，经常缺课，因而脱离了班上的群众，就向"民协"的一位骨干摆谈化学系一位同学因为功课很好，在中间同学中威信高，中间同学很听他的话，参加民盟后，能带动很多中间同学共同进步。她的意见引起"民协"组织的重视。

在进步团体吸收新成员时，考虑全局不够，她提醒"文笔"负责人，注意帮助其他进步团体的发展，加强各团体之间的团结，关心整个进步阵营的壮大，以便孤立敌人。①

当时，江竹筠听说学校正在举行第三届学生自治会选举，那时，她还在月子期间。她想，如果能够让进步同学担任学生会理事长，这将是学运的一个多大的成果！

江竹筠和学运骨干考虑到，为了更好地领导全校同学开展民主运动，必须尽力把学生自治会的领导权争过来。关键是团结更多的中间同学和物色、培养理事长候选人。

"民协"发现女同学陈光明思想进步，在政治上又不太红，办事能干，在中间同学中很有吸引力。江竹筠主动协助"民协"加强对陈的培养。②

她顾不得坐月子期间不能下床的忌讳，赶到城里找到同学黄芬，希望她们动员相好同学支持进步学生陈光明当选。卢光特描述当时的情形："一九四五年同学们准备选陈当女生院伙食团的年度经理，主持推动全年的伙食管理工作。陈怕耽误时间太多，不愿意干。竹筠给她做了思想工作，她终于乐意接受了这个任务，在竹筠等人的帮助下，她把伙食团工作管理得很好。因此，陈光明在同学中声望更高。"③经过积极运作，一九四六年春，陈光明在普选中一举当选为理

---

① 江竹筠档案，A23。
② 江竹筠档案，A23。
③ 江竹筠档案，A23。

事长，进步学生第一次争得了合法的领导权，从而促进了学运的开展。①

陈光明后来回忆这段往事，很感慨地说："我们在当年学生运动中，能出头露面做点事情，是依靠进步同学，特别是'民协'组织的支持，也与江姐对我的精心扶持分不开。她差不多在每一个关键问题上都给我出主意，态度谦和诚挚，在无形中给人以感染。她是那么平易，当时，我甚至未察觉到她的特殊作用。她不过是一位普通的支持者，在游行中也只是一个最不显眼的参加者。她的思想水平和文学修养比我们高，但她宁愿去做抄写壁报等费力的工作，不计较自己的地位和名义。"②

1946年3月，在国民党六届二中全会上，蒋介石、国民党撕毁政协会议关于和平民主建国的五项决议。1946年6月，全面内战爆发。此时彭咏梧既要按照省委"大胆、放手"的方针，组织和推动国统区反内战、反独裁学运工作，同时还要分管川东部分地区清理和恢复各地党的地下组织。工作压力巨大且相当繁忙。江竹筠毅然放弃在大学读书，立即返回重庆执行党组织交给的任务。回到重庆的江竹筠在亲戚的帮助下，在兼善中学任兼职会计作为掩护。她具体负责协助搞宣传和学运工作。

1946年底，彭咏梧和江竹筠与刘国鋕、罗永晔等同志，按照省委"大胆、放手"的方针，放手发动群众，使各校的运动迅猛开展起来，后来在省委领导下组织了全市学生抗暴联合会，举行声势浩大的抗议美军暴行③的示威游行，并组织小分队在街头、郊区开展反对美军暴行、反对内战的宣传活动。对蒋介石集团的卖国、独裁、内战政策是

---

① 江竹筠档案，A23。
② 卢光特、谭正威执笔：《江竹筠传》，重庆出版社1982年版，第44—45页。
③ 1946年底美军在北平强奸女大学生沈崇，引起全国抗议游行活动。

一次广泛的揭露和沉重的打击。①

1947年，四川省委、中共代表团被国民党强迫撤回延安，在国统区公开发行的共产党机关报《新华日报》被查封。为冲破国民党"黑云压城"的雾霾，根据组织决定，江竹筠继续在市委机关与老彭在一起工作，她具体负责协助搞宣传和学运工作。卢光特、谭正威《江竹筠传》中写到江竹筠的主要工作②如下：

> 江竹筠负责联系重庆育才学校、国立女子师范学院、西南学院。她按具体情况，分别采取不同的领导方式。
>
> 育才学校党的力量强，师生政治觉悟高，有一批经过锻炼的骨干。支部书记廖蕙林（人称蕙姐）是老党员，能独立作战。竹筠找到蕙姐后，关系密切，互相信赖。竹筠只与蕙姐保持单线联系，传达上级指示，让该校党支部和广大师生发扬革命的主动性和创造性，做了多方面的工作，育才党组织在教育界、文艺界和青少年中影响较大。"六一"事件后，还输送了一批干部到农村。
>
> 国立女子师范学院，在南方局青委领导下，通过赖松等骨干学生的积极活动，掌握了学生自治会的领导权，在抗暴运动中走在前列，被誉为"火车头"，涌现了大批积极分子。但党的组织薄弱。江竹筠与赖松接头后，不久就吸收她入党，接着又发展了新党员，建立了支部。公开的学生自治会和秘密的党支部紧密结合，有力地领导了"反饥饿、反内战"运动。"六一"大逮捕后还发展了党的外围组织"六一社"。
>
> 西南学院是民主人士办的私立院校，进步力量占优势。

---

① 江竹筠档案，A23。
② 江竹筠档案，A23。

抗暴运动前，竹筠已与该校学生党员罗永晔直接联系，一九四七年春又吸收了几个新党员，依靠他们去团结进步学生开展学生运动，并进行校际间的联络活动。"六一"事件以后也组织了一些同志支援农村武装斗争。

竹筠在领导学运期间，经手发展了十多个党员，四五十个六一社员。这些同志后来都为党的事业作出了贡献。

后来，江竹筠又协助彭咏梧搞《挺进报》的收发工作。这一年，江竹筠27岁。

为《挺进报》奔波

《挺进报》是怎么回事呢?

1945年10月10日,国共双方正式签署了《政府与中共代表会谈纪要》,即"双十协定"。

1945年12月,蒋介石同意按照"双十协定"的规定,在重庆召开政治协商会议。

1946年1月10日,中国共产党同国民党正式达成停战协议。同日,政治协商会议召开,会议通过了和平建国纲领、关于军事问题、关于宪法草案问题、关于政府组织问题、关于国民大会问题等五项决议。

1946年3月1日至17日,国民党在重庆召开的六届二中全会通过了"对于政协会议报告之决议案",从根本上推翻了政协决议。

1946年6月26日,国民党反动派悍然撕毁停战协议和政协决议,大举围攻中原解放区,发动了全面的内战。

1947年2月,国民党下令封闭中共驻上海、南京、重庆办事机构,并且还查封了中国共产党在国民党统治区公开发行的《新华日报》。第二次国共合作彻底破裂。

为了使国统区的群众了解共产党的政策,在中粮公司重庆南岸野猫溪修理加工厂工作的陈然和《彷徨》杂志的蒋一苇①、刘熔铸等同志，利用香港地下党寄到彷徨杂志社的《新华社电讯稿》的消息，用复写纸复写成若干份在他身边的工人中秘密传看。

陈然是怎样的一个人？

早在抗战期间，陈然就在湖北参加了著名的抗战孩子剧团，16岁就加入了中国共产党。

1942年，领导孩子剧团的地下党组织遭到破坏，陈然接到通知前往延安，却因为交通问题而改道重庆，组织关系也随之转到红岩村。

在这期间，由于出现叛徒，党组织立即安排他到江津暂时隐蔽。

因为生病，陈然又回到重庆治疗。当他再度返回江津时，党组织已经转移，陈然就这样和组织失去了联系。

陈然只好只身再来重庆，直接到红岩村八路军办事处要求接上关系，却没有得到同意。当时出于抗日民族统一战线大局的考虑，南方局实行"隐蔽精干、积蓄力量、长期埋伏、以待时机"的十六字方针，陈然在当时属于"暂时停止组织关系、自谋职业"的一般党员，何况，按照地下党组织的纪律规定，上线不找，下线是不能够乱动的。1943年，为了维持生活，陈然经人介绍在中粮公司修配车间找到一份工作。

难能可贵的是，失去了组织关系的陈然，仍然按照一名党员的标准要求自己。他用读书会方式组织公司的青年朋友阅读《新华日报》，向他们讲解时事政治，帮助失业青年找出路谋职业，组织他们参加一些进步团体的活动。

抗战胜利后，国民党不可能把这个工厂设备人员全部迁回到南

---

① 蒋一苇，青年时期曾投入到抗日救亡运动、中共南方局领导的民主青年活动中，从20世纪50年代起就从事企业管理的研究和教育工作，为中国经济改革理论和实践作出了重大贡献，是中国著名的经济学家。

《挺进报》(1)

京。国民政府当时要求所有不可能迁走的工厂企业单位人员,一律自收自支,然后任命陈然为这个机修车间的经理。

  由陈然、蒋一苇、刘熔铸等人制作的这份"无名小报"发送了几期后,立即引起地下党重庆市委的重视,地下党员刘国鋕经与吴子见接触了解情况后,地下党组织立即派市委委员彭咏梧与陈然等同志联系。组织经过研究决定将这份小报办成市委的机关报,并命名为《挺进报》,主要在党内同志间进行内部学习。同时,市委决定建立"挺进报特支"和"电台特支"(提供稿件广播稿来源)两个支部,并且由彭咏梧具体负责《挺进报》工作。彭咏梧的战友吴子见①回忆：

> 为了办好《挺进报》，彭咏梧做了一系列安排。第一是报纸的内容。彭咏梧明确指出，主要是传播我军胜利的捷报，宣传党的政策……。第二是报纸的组织……为了地下工作需要，《挺进报》仍旧采取单线联系的方式。他的指示、意图都是通过我传达的……。第三是报纸的发行。彭咏梧多次指示，为了安全，直接从事报纸工作的同志，不要再搞发行，发行由组织上去办。每次报纸印出后，都由我交给老彭，后来则交给江竹筠同志，由他们去分发……②

《挺进报》，一张用毛边纸油印的地下党机关报，用极为简单的钢版、蜡纸刻写，用油墨、油印机来制作，通过邮局和地下秘密交通来发行；它的内容含量之大，宣传战斗力之强，影响覆盖面之广，是地下党坚持斗争、敢于斗争的伟大创造！因此，《挺进报》在解放战争时期被称为"小《新华日报》"。它登载的每一条捷报，都给读者精神上带来无限的安慰和巨大的鼓舞，坚定了他们的信心，增强了他们和反动派斗争的勇气。报纸不但发到城市的各个领域，还邮寄到了部分农村地区，所以影响是相当广泛的。

1947年，《挺进报》的发行对象主要是川东地下党领导和管辖的地下党组织及进步团体，并通过地下交通秘密传递，已经形成了一个严密庞大的发行网络。

---

① 吴子见由彭咏梧、江竹筠介绍加入中国共产党，并为党的机关报《挺进报》作编辑。全国解放后，吴子见被留在广州南方日报社工作，经数年申请，才调回四川，被西南局安排在四川省德阳市9号信箱（国防厂）工作，60年代末调北京国防科研单位工作。

② 史红军：《巴山英魂——彭咏梧传》，解放军出版社1987年版，第6页。

《挺进报》(2)

当年参加《挺进报》工作的吴子见回忆[①]：

  ……这个报纸的主要任务是向广大党员和进步群众宣传党的政策和主张，报道解放军的战绩和解放区的消息，同时也反映一些蒋管区革命斗争的情况。《挺进报》是由江姐的爱人彭咏梧同志领导的，陈然和我等几位同志都参加了报纸的编辑出版工作。我们虽然组成了一个特别支部，但是严酷斗争环境，不容许老彭和报纸的所有成员见面，因而老彭仅通过我来进行领导，报纸不断地出下去，老彭的工作也越来越繁重，于是组织上又指派了江姐作他的助手。
  一个初秋的下午，在重庆小什字一幢大楼的三楼上，我

---

① 江竹筠档案，A23。

第一次见到了江姐……（她）穿的是毛蓝布旗袍，外面罩一件红色的薄呢短大衣，虽然是一个城市普通妇女的打扮，可是她安详、沉静的仪表，她眼神里流露着的坚定而充满自信的光辉，都说明了她有一颗坚强战斗的心。沉默了一会儿，江姐用非常朴实的口气对我说："报纸工作会有不少困难，这困难是大家的，你碰到了尽管提出来，我们共同来承担。"她接着说："以后你们不要再收听广播了，全部记录稿由我提供给你们。"老彭又嘱咐道："特务早已注意这个报纸了，为了安全，你们只管编辑和出版，不要再搞发行工作了。"报纸除了交给刘国鋕同志（他也是后来被捕、牺牲的一个烈士）一部分外，其余全部交给江竹筠同志去分发，这样一来，《挺进报》的组织工作就更加严密了。

到1947年冬季每期出到2400～2500份，其中，经过江姐分发出去的大约有1600～1700份，她用不同的方式，通过不同的途径按约定时间把报纸准确地送到有关同志的手中，在严酷的白色恐怖下，单是这一项工作，已经是非常繁重的了。可是江姐操心的还不止这一些。组织收听新华广播电台的广播，也要她付出很多心血，她要精心地选择收听的人和收听的地点，而且，反动派的电波干扰很厉害，很不容易听清楚。这就需要几个地方同时收听。送给我们的记录稿，她要求是完整无缺的……

我屋角放着一只衣箱，便是我存放稿件资料的地方，江姐对这一只衣箱很不放心。她经常帮我清理，要我烧毁一些不是很必要的东西，必要的东西也要我迅速处理。"要时刻警惕着！"她提醒我要准备应付特务的突然袭击。

地下工作有这样一条纪律，只有工作关系，没有社会关系，除了拟定的时间和地点外，不能随便公开来往。有一

江竹筠使用的皮箱

天,我偶然在街上碰见她,正好有事要同她商量,便满心高兴地和她打招呼,可是她像不认识我似的立即将脸转开,避免同我打照面,于是,我马上意识到自己做错了。

　　《挺进报》发行了两三期,特务机关就发现了,曾经数度限期破获,可是到1947年冬天,敌人还是找不着它的踪影,报纸能够安全地继续出版下去是和江姐在工作中坚持革命的原则性,以及细心、机警、灵活的作风分不开的。

　　江竹筠在负责联络《挺进报》时,要求:稿源和油印工具耗材由她提供尽量减少中间环节。她对陈然、蒋一苇十分关心。江竹筠非常清楚他俩为《挺进报》殚精竭虑所受的艰苦,每出版一期,都要苦战几个通宵,为此,她常常关心他们的健康,三番两次托同志转达她的慰问,并希望刘镕铸能设法减轻陈然的负担。其实江竹筠的辛苦不亚于陈然,她常常要通宵达旦地分装转发的报纸。然后亲自向市中区一些邮局信箱、邮筒变换着地方投寄。除了邮寄,她还布置了一些转发站,专门发送《挺进报》。

　　《挺进报》创刊和斗争的历史,是重庆地方党史上的重要篇章,其具有深刻的历史意义和重要的经验教训。在江竹筠负责联络《挺进报》期间,严格执行发行的原则:寄发不能够在一个邮筒;传看必须保密;严格控制传看范围。但是,13期后的扩大发行,甚至利用《挺进报》开展对敌攻心,把《挺进报》寄给国民党的党政要员违背了秘密工作的原则,引起了国民党高层的监视。有一次,陈然居然弄来了几个美国新闻处的信封,装进了《挺进报》,这期报纸竟然通行无阻,其中一份直接到达了重庆市市长杨森的办公桌上。杨森气得暴跳如雷,大骂特务们是"饭桶"。真正让特务们暴跳如雷并下大决心采取行动的,是《挺进报》另一次更大胆的发行。国民党军事委员会副参谋总长,当时的国民党重庆行辕主任,朱绍良,在办公室竟然也收到了一份《挺进报》。他大发雷霆,立即召开党、政、军、警、宪、特首脑会议。在会上,他劈头盖脸对徐远举一顿训斥。

国民党重庆行辕主任朱绍良要求徐远举限期破案。徐远举是国民党军统中的得力干将,在重庆屡次破坏地下党组织,由上校提拔为少将。徐远举在狱中所写的《血手染红岩》材料中交代:"限期破案对我来说是一个沉重的压力,顶头上司的震怒、南京方面的责难,使我感觉到有些恐慌,也有些焦躁不安。当时特务机关的情报虽多如牛毛,但并无切实可靠的资料,乱抓一些人解决不了问题,栽赃陷害又怕暴露出来更麻烦。我对限期破案不知从何下手,既感到愤恨恼怒,又感到束手无策,但在无形战线上就此败下阵来,又不甘心。"[1]

在"限期破案"的压力下,他苦思冥想,认为采取守点跟踪、突击检查完全是大海捞针、无的放矢,要破坏共产党组织,只有从内部打开缺口,堡垒最容易从内部攻破。

于是,徐远举制定了一个"红旗特务"计划,使《挺进报》案件被彻底破获。他让一些曾在日本、德国留过学或在美国参加过培训的特务伪装成进步人士,在书店、学校、公共场所说一些进步的话,做

---

[1] 公安部档案馆编注:《血手染红岩——徐远举罪行实录》,群众出版社1991年版,第7页。

一些进步的事儿,然后搜集蛛丝马迹,给予汇总分析,然后有目标地进行侦破。徐远举交代:

> 破坏《挺进报》,最初的线索是渝站渝组长李克昌在文成书店的一个内线提供的。李克昌是渝站的一个"红旗特务"……混入工农群众中,迷惑工人,发展军统特务……①

特务李克昌掌握的内线姚仿恒当时在民盟的一个书店卧底,而民盟书店的店员陈柏林是中共地下党员,姚仿恒就介绍了一个失业青年曾纪刚伪装成重庆大学被开除的一名学生,为了完成学业到书店里来读书,书店一开门就拿书本看,看到中午,吃块馒头继续看,到晚上书店关门仍然不愿意走。一天、两天、三天……陈柏林觉得,这是多好的同志、多好的青年啊,如果把他吸收为外围成员,协助我工作,一定是得力助手。所以,曾纪刚的种种假象使陈柏林受骗上当,最后陈柏林竟然要求自己的上级任达哉(地下市委交通联络员)对曾纪刚进行当面考察。任达哉严重违反党的组织纪律,擅自作出决定对曾纪刚进行考察,结果一去即被国民党逮捕。后来任达哉叛变,暴露出市委机关,整个地下市委被破坏。

国民党特务徐远举的交代:"中共地下党组织之所以遭到破坏,主要是叛徒经不起考验,在临危时丧失了革命的意志。否则特务们将一筹莫展,瞎碰一气。由于许建业的志成公司被发现,重庆市委副书记刘国定的叛变,《挺进报》的盖子才揭开了。"②

由于任达哉的被捕,地下党就此被打开缺口,而叛徒的出卖,使

---

① 公安部档案馆编注:《血手染红岩——徐远举罪行实录》,群众出版社1991年版,第20页。

② 公安部档案馆编注:《血手染红岩——徐远举罪行实录》,群众出版社1991年版,第25页。

这个缺口越撕越大，徐远举在重庆全城开始了对地下党组织的大破坏、大逮捕，危及整个川东地下党的《挺进报》事件发生了，重庆地下党遭受了严重的损失！

临别托孤　姐妹情深

　　1947年10月，根据上级的决定，成立川东临时工作委员会，以更好地执行中共中央上海局"发动游击骚扰，牵制国民党兵力出川"的具体要求。彭咏梧任临委委员兼下川东地工委副书记。按照党组织把工作重点转向农村武装斗争，建立游击队和根据地，破坏敌人的兵源和粮源，牵制敌军，配合解放军作战的指示，党组织决定彭咏梧立即去万县地区开展农村武装斗争，发动武装起义。江竹筠作为重庆和下川东的交通联络员。许多地下党的重要文件、药品、器材都是她冒着生命危险秘密地通过敌人的严格检查而送到乡下的。夫妇俩愉快地接受了这一艰巨的任务，但是，一道难题摆在了他们面前。

　　要去乡下搞武装起义的活动，孩子怎么办？孩子是不能够带到乡下去的。他们四处托人带孩子，一天、两天可以，时间长了，任何朋友都感到勉为其难。就在他们托人照顾孩子没有结果的时候，一个突如其来的情况出现了！

　　远在农村的彭咏梧前妻、幺姐谭正伦却是在苦苦地等待自己在重庆工作的弟弟谭竹安，希望他能够带给她有关自己丈夫的消息。弟弟谭竹安在重庆大公报社资料室工作，并且参加了党的外围组织"中国职业青年社"，而且有幸结识了中共中央南方局经济组织负责人许涤新的夫人、地下党员方卓芬。只要有空,谭竹安就不断地四处打听姐夫的消息,但原来的彭庆邦已改名彭咏梧,所以一直是找不到的。

1946年11月7日晚上,彭咏梧去参加国泰影院苏联电影会,突然遇见了谭竹安。谭竹安非常惊奇地遇见了姐夫!因为姐姐谭正伦带着孩子到重庆找他,最后在《大公报》登"寻人启事"都没有结果,突然在这里相遇,谭竹安既惊奇又兴奋!但是,出于地下工作的纪律的要求彭咏梧没有多与谭竹安交谈,只告诉了他地址,再约时间见面。

与谭竹安有联系的地下党员方卓芬,鉴于谭竹安已经参加了党的进步外围组织,同时和彭咏梧的特殊关系,和组织上经过慎重考虑,同意有保留地告诉他一些情况。党组织甚至还安排谭竹安向江竹筠去汇报工作。

江竹筠接到谭竹安要向自己汇报工作的消息时,她感到意外!她与谭竹安之间既没有平行的组织关系,也没有上下级的组织关系,他为什么来跟我汇报工作?后来江竹筠想来想去,觉得既然是组织上这么决定的,那一定有组织的安排意图。

江竹筠在与谭竹安的交谈中,当得知这青年就是谭竹安时,她立刻明白组织暗中安排的意图,她更明白这对自己也是一种考验。谈完工作拉起家常时,江竹筠坦然地向谭竹安讲述起自己和彭咏梧从"假扮夫妻"到"真夫妻"以及有了孩子的一切过程……谭竹安不敢相信自己的耳朵,不敢相信眼前这个女人所说的一切。最后江竹筠坦诚地对他说:"地下工作的特殊性太复杂,不是一两句话就可以说明白的。但是,我可以明确地告诉你,这次任务完成后,我一定清理自己的感情,让老彭回到你姐姐身边。但是,希望你能够帮一个忙,孩子彭云也是彭家之骨肉,我想请你姐姐来重庆帮我照看一段时间,等我完成任务后就把孩子接走,你们一家人团聚……"

谭竹安完全没有想到竟然是这样一个情况:寻找的姐夫就这样找

谭正伦

到了！但令他十分惊愕的是姐夫又结了婚，还有了孩子！面对江竹筠的坦白真实，他几乎是无话可说，他只是表示：一定劝说姐姐来帮助江竹筠带孩子。

后来，谭正伦带着自己的孩子彭炳忠来到重庆，看着自己丈夫与江竹筠的孩子彭云，她怒火三千丈！她等，她要等待着彭咏梧、江竹筠来面对自己，她要三人面对面把事情讲清楚！

江竹筠随丈夫老彭去了下川东组织武装起义，她在期盼完成任务后去面对老彭的前妻，妥善地处理老彭的事情。

谭正伦在重庆帮助江竹筠带孩子。可是，在重庆等待的谭正伦等来的却是一个噩耗：自己的丈夫彭咏梧在武装起义中不幸被国民党打死，并且头颅被砍下挂在竹园坪城楼上示众！谭正伦悲痛欲绝。她从地下党同志那里又得到一个消息：党组织要调江竹筠回重庆工作，以便照顾自己的孩子。但是，江竹筠却向组织表示：老彭在什么地方倒

谭正伦和彭云及彭炳忠

下，我就在什么地方坚守岗位，没有人比我了解这里的情况。

谭正伦知道情况后百思不得其解，这是什么女人啊，怎么连自己的亲生儿子都可以不顾？要去革命，这革命含义究竟是什么？……

她对江竹筠开始慢慢地解读……

江竹筠之所以要坚持在下川东万县坚守，一则她要负责组织联络各游击队以及失散的战友，二则是她希望自己能够为丈夫报仇。后来，党组织同意把江竹筠的关系转到万县，地下党的负责人雷震给她在万县地区法院谋了书记员的职业。

又过了一段时间，由万县传来消息，江竹筠在万县不幸地被川东临委副书记兼下川东地工委书记涂孝文出卖，被捕入狱，关进了重庆渣滓洞监狱，备受酷刑摧残，而她坚不吐实……谭正伦在狱外得到地下党组织传来的一个又一个消息，她对江竹筠的那种恨开始慢慢消解。

谭正伦和彭云

出于一个母亲对另一个母亲的同情和心心相印，谭正伦把江竹筠的孩子彭云带到照相馆照了一张相片，托地下党组织把照片带到监狱中，这成为江竹筠在狱中战胜刑法的一个精神支柱。

江竹筠烈士敢于担当，严格执行纪律，放弃个人名节，掩护市委机关和领导，这是她的坚定信仰、这是她的忠诚。她襟怀坦白面对事实，正确处理情与爱的关系，以坦诚得到对方的理解和释怀，为我们塑造了一个光辉的楷模形象。

解放后，谭正伦带着自己的儿子彭炳忠和江竹筠托付的彭云急赴歌乐山，生不见人死要见尸。江竹筠是1949年11月14号被杀害的，根据特务的交代，在电台岚垭发掘被害的江竹筠等32名殉难者的遗骸的时候，谭正伦极度震惊！那身材如此矮小，却有如此钢铁般的意志。面对遗体，她说了一句话：我一定把你的儿子抚养成人。

新中国成立后，重庆百废待兴，生活极度困难，谁也没有想到，

彭咏梧殉难处

谭正伦被分配在市委办公厅机关工作，而她给组织写了份请调她到托儿所工作的报告。1952年秋，谭正伦加入中国共产党，实现了她多年的愿望。按照优抚政策，彭炳忠和彭云两个烈士子女，都应享受国家优抚。谭正伦考虑到当时国家的困难，虽然自己的工资才30多元，但她做了一件谁也没有料到的事情：把自己的亲生儿子彭炳忠送进了孤儿院寄养，而专心抚养江竹筠的遗孤彭云。为把彭云、彭炳忠培养成人，她写下700余字的"教子篇"。

教子篇
谭正伦

咏梧生在旧社会，一无势力二无依，父亲教书维家计，一家四口度日期。父死咏梧刚五岁，祖母年迈七十虚，从此生计无依靠，孤苦伶仃够惨凄。母亲万般无可奈，独挑双肩

1948年江姐在万县住地（原万县地方法院）

过日光，眼看孤儿年已长，设法让他上学堂。朝暮读书勤苦练，母亲辛苦乐心间，可恨老天不长眼，十四未满母长眠。咏梧接过重担挑，艰难困苦一人承。三餐茶饭自己办，衣服破了动手缝，祖母晚年多疾病，朝夕侍奉在眼前，要想读书难如愿，忧愁愤怒藏心间。婚后想把学校进，学费叫人胆颤惊，东拉西扯凑足款，身负重债进校门。缴进白洋多费劲，吃的盐水老菜根，沙子霉米煮成饭，这些享受归学生。为了求学不计论，忍气吞声求学问，立志求得高知识，扫尽乌云见光明。想开夜车办不到，来到时间早关灯，等到人们齐睡尽，披起衣衫往外行。站在一根电杆下，路灯下面将课温，寒风刺骨浑身冷，冻疮腐烂痛在心。日以继夜勤发奋，期末总在前三名。旧社会苦述不尽，乌云遮日不见天。忽然一声春雷响，革命种子撒四方，学校园地齐种下，不到一年遍开花。革命担子肩上放,从此更加日夜忙,不料校方觉察到,说他弄事乱学堂。三言两语不对劲,开除学籍又返乡,这时咏梧十八岁,人小志大人人夸。反动统治如山压,想就职业海捞沙,生活艰苦他不怕,开展活动无钱花。组织群众干劲大,三伏太阳不怕它,为了人民得解放,忍饥挨饿走天涯。不怕风吹和雨打,不惧枪弹钢刀杀,虽然牺牲屠刀下,终于推翻蒋王八。万年铁树开了花,千年苦根连根拔,三座大山齐搬走,劳动人民当了家。要知幸福哪里来,千万烈士躺地下。亲爱孩子记心上,社会主义要栋梁,风里雨里去磨炼,一代更比一代强。劳动锻炼不怕脏,刻苦学习无虚晃。主席著作要常学,艰苦朴素切莫忘,今日吃得苦中苦,将来接班才算强。终生革命不动摇,帝修反坏齐扫光。共产主义早实现,幸福生活赛天堂。

谭正伦说:要用毕生的精力把母爱全部给彭云。彭云后来成为一个计算机领域的专家。他说:"母亲江竹筠在我不到一岁就离开了我,实在是找不到一点感觉和印象。但是养母谭妈妈对我是恩重如山,她不但是一个了不起的女性,更是一个让我终生敬仰的伟大的母亲。"

五　心存敬畏，绝对忠诚

夫妻永诀

1947年11月，彭咏梧接到组织安排，到下川东领导武装起义，江竹筠向组织申请并和丈夫彭咏梧一起下川东。夫妇去下川东前，与儿子彭云在重庆千秋照相馆留下了唯一一张全家福。

地下党为什么要发动武装起义？为什么要选派彭咏梧去组织武装起义并让江竹筠担任重庆和下川东的交通联络员呢？

1947年10月，中央决定建立川东临时工作委员会，由书记王璞，委员刘国定、涂孝文、彭咏梧、肖泽宽等五人组成，形成四川省委撤走后统一的党组织领导。按照上海局党组织把工作重点转向农村武装斗争，建立游击队和根据地，破坏敌人的兵源和粮源，牵制敌军，配合解放军作战的指示决定：彭咏梧以临委委员兼下川东地工委副书记，部署云（阳）奉（节）两巫（巫溪、巫山）的武装斗争，江竹筠作为重庆和下川东的交通联络员；派邓照明①为上川东第一工委书记，加强梁（山）、达（县）、大（竹）边区游击根据地的建设；派出一批干部和青年积极分子到华蓥山区，与当地党组织配合，准备武装斗争。同时，通知川东各地党组织积极做好发动武装斗争和支援策应的

---

① 邓照明，青年时期投身抗日救亡运动，后加入中国共产党，著有《〈巴渝鸿爪〉——川东地下斗争回忆录》一书。

准备。

发生在四川、重庆 1947 年到 1948 年由地下党组织的武装斗争有三次：

第一次是 1947 年秋冬之交，在下川东由彭咏梧指挥，以奉节、巫溪（又叫大宁）、巫山的农民和云安盐厂的盐工为主要力量举行起义。以彭咏梧 1 月殉难告终。

第二次武装起义在梁山、达县、大竹边境的虎城、南岳、大树地区和大竹后山区，以及开县境内，也遭到国民党军队的"围剿"，经过一个多月迂回游击，终因寡不敌众，武装起义也以失败告终。

第三次是在重庆地下党组织机关报《挺进报》遭国民党特务机关破坏情况下举行的。1948 年 7 月至 9 月在华蓥山地区的合川、广安、岳池、武胜、渠县等地举行武装起义。最终以川东临委书记王璞殉难告终。

1947 年 12 月初，江竹筠随老彭到云阳农坝乡炉塘坪召开重要军事会议，决定成立中共川东民主联军（后改为川东游击纵队），由彭咏梧任纵队政委，赵唯任纵队司令，蒋仁风为参谋长。决定起义定于 1948 年 1 月 28 日。

卢光特回忆[①]：

> 川东临委领导的这次下川东暴动是同年春天开始筹备的。一年来，已形成四个暴动区域，组织了群众，筹集了枪支。老彭大胆地提出了用党的名义迅速发动大规模暴动的方案，首先在云、奉、两巫拉开，其余地区继起响应。这个方案得到临委和地工委的同意和支持，并指定老彭直接指挥，因他是云阳人，人地都熟。

---

① 江竹筠档案，A23。

彭、江在万县稍事停留，即赴云阳。竹筠担任联络，她沿途细心地设点布线。在轮船上找了个同志协助渝万之间的运输，在万县、云阳、云安镇设了交通站，还为过往的同志在各地选择了些便于掩护的茶馆旅社。

炉塘坪会议后，彭咏梧、江竹筠随即奔赴武装起义的大本营奉节青莲乡，彭咏梧以新聘教师身份住进青莲中学。

吴子见回忆记录：1948年1月，我们到了奉节县属的青莲乡，便在这里举行了武装起义，起义队伍有120多人枪，一举攻下了云阳县商业重镇兰溪，缴获到不少枪支弹药，江姐非常高兴，更加积极地在群众中展开宣传组织工作，动员基本农民群众参加和支援起义队伍。

彭咏梧、江竹筠在奉节分别开展统一战线工作，成功地将当地的一些实力人物动员到参加游击武装起义的队伍中。如："县花乡的陈太侯是个年轻的袍哥大爷，出身于小地主家庭，失学失业，思想烦恼。有时便干犯禁令，与政府冲突的事，一次因私人气愤，击毙了国民党官员。这条人命逼得他与袍哥绿林中人交往益深，以求自保。因其临危勇敢，待人义气，颇得兄弟伙信赖，逐渐当上舵把子。他只有十来支短枪，但敢作敢为，邻近几乡的豪绅不敢惹他，国民政府既不好软办（他绝不受委做官），又不能硬碰。明知他是个暗中把持乡政权的潜势力，也无可如何。"[①]后来，陈太侯成为奉大巫支队司令员，走上革命的道路。

江竹筠深入农户家中了解情况，与农户拉家常，宣传革命思想，动员大家起来干革命。

1948年的新年刚过，彭咏梧对江竹筠说：

---

① 《川东地下党斗争》，卢光特"1946—1949年下川东党的组织与活动"。

> 你看革命形势发展得比我们估计的要快得多，游击队的旗帜一树，我们就有了人，有了枪。但需要的是政治工作干部。你回重庆向临委汇报一下，要带干部来，还要筹备一些经费，作游击队的给养，还有，……带小云儿的消息来。
>
> 你说的事，我去重庆一定尽力办好。这两天一劳累，你又咳血了。我走后，你，要保重自己……①

江竹筠多么想在下川东和战友们共同战斗啊！可是新的任务又要她离开此地。②

江竹筠携带着几张青莲中学的聘书，扮作学校工作人员，恋恋不舍地离开即将点燃战火的前线，独自回重庆去了。③

吴子见回忆江竹筠被派回重庆的情况④：

> 我们面临着许多问题，最突出的是缺乏干部。于是老彭派江姐回重庆去，一方面调几个干部来，同时兼筹一笔经费。老彭要求她在一月之内将干部送到云阳县他的外婆家里，等候山上派人去接。

江竹筠回重庆，她没有立即到朋友王珍如家去看自己的孩子，而是向川东临委去汇报了工作，要求加派人员和保证活动给养。然后，又找到跟社会上层关系好的沙磁区学运特支书记刘国鋕，请他帮助筹措一些给养以及医药品。她找到办《挺进报》的蒋一苇，转达吴子见的问候，告诉了下川东武装斗争的情况和动向，蒋一苇、陈曦夫妇都

---

① 江竹筠档案，A23。
② 江竹筠档案，A23。
③ 江竹筠档案，A23。
④ 江竹筠档案，A23。

特别高兴。蒋一苇告诉了她云儿的近况：王珍如带着小云很困难，学校怀疑小云是她的私生子，要解聘她；如果没有别的好办法，蒋一苇希望把小云儿放到自己家里带养。

据史料记载，江竹筠那天很晚才去看望自己儿子。朋友王珍如带养云儿，作为一个未婚年轻女性，遭人猜疑，蒙受了不白之冤，她委屈、痛苦过，常常独自以泪洗面，但是她一点都没有后悔，她已经把云儿当作自己的孩子了，情同母子，云儿离不开她，她也离不开云儿。但是，在谭正伦还没有来接管云儿前，江竹筠实在不忍心再让好朋友受到伤害，她说服了王珍如把儿子暂时送到了蒋一苇家中。

1948年1月18日，江竹筠带上杨建成、刘本德、罗曙南、周毅四名干部起程返回下川东。23日，他们一行到达云阳彭咏梧外婆家，按约定在这里等待和接头的人见面，可万万没有想到，等来的却是彭咏梧牺牲的消息。1月31日，卢光特、吴子见带来彭咏梧殉难的消息！吴子见这样记录道："二月下旬，估计江姐已返川东，我便由齐跃山区出发，渡江去龙洞坝。这时江姐带着两个同志，已经到老彭的外婆家好几天了……我虽然尽量隐藏自己的悲痛，可是神情和语气总瞒不过她锐敏的眼睛。她沉静而恳切地说：'老关，相信我，究竟发生了什么事，早点告诉我吧！'我说：'江姐，我是永远信任你的，我知道你是坚强的，应该告诉你……'我沉痛地向她陈述了不幸事件的经过。江姐没有放声痛哭，她极力镇定着自己的情绪，悄悄地用手帕擦去满眶的热泪。她沉默了一会，然后说：'让我一个人呆一会。'"

由于敌人对彭咏梧组织的武装起义准备情况有所察觉，彭咏梧于1948年1月8日提前举行了武装暴动。由于敌我力量悬殊，加之我方的力量准备和暴动时机都不成熟，暴动遭到失败。1月16日，也就是江竹筠他们自重庆起程前2天，彭咏梧在突围时阵亡。后来，国民党军队找到彭咏梧的遗体后，将其头颅砍下挂在竹园坪城楼示众。

卢光特曾回忆过当时的战况："竹筠走后，敌我情况发生变化。

暴动计划提前到一九四八年一月八日实行,在云阳巫溪同时发动,两地首战告捷,共产党游击队的旗帜插上了大巴山!两支队伍穿插在云奉巫地区,日夜袭击各乡镇武装。一月十一日会师青莲乡,在蒋仁风等同志指挥下,于铜钱垭击溃奉节一个保安分队,生俘敌队长,敌军震慑。各路进犯军均后退三四十里。游击队集中在老寨子休整了三天。老彭和工委研究了局势,一致认为敌军已布成四面合围态势,兵力大我军十余倍,我们应迅速转移到外线作战。于是我军兵分两路出击。十六日老彭率领的队伍在鞍子山与敌正规军581团发生遭遇战,敌强我弱。突围时,老彭英勇牺牲。队伍大受损伤,由王庸带领余部转移到巫溪潜伏……"①

我采访过当年参加武装斗争起义的人员梅运家,他描述了当年彭咏梧殉难的情况:"我们游击队从巫溪撤到奉节的时候,遭到叶和尚的告密。我们到黑趟沟在山坡的一间房子煮包谷糊糊的时候,听见枪声,彭政委就指挥大家赶紧撤走。他和警卫员冲到坡下后,警卫员腿上遭了一枪,彭政委要背他走,警卫员推他走,结果彭政委也遭打了。彭政委把警卫员背的包包里的一份游击队的名单拿出放到嘴巴里吃了。他们遭机枪打趴了。国民党的兵冲上来,我躲在树林里看到国民党的兵把彭政委翻来翻去,又取下帽子看。最后听到吼声:是游击队的彭咏梧!只见国民党的兵立即就用枪上的刺刀去割脑壳,但是弄不下来……"

当年把彭咏梧的头颅挑到竹园坪镇城楼上示众的挑夫李大云、李大荣向我描述了当年的惨景:"国民党的那个排长要我们找把刀来。我们拖了把轧猪草的大刀。那个排长喊:砍下来,快点!那些兵又砍又用刺刀剁,脑壳遭整了下来。那个排长,喊我们吃了二碗帽盖头(指碗装得满满的),找了根杆杆从山上把脑壳抬到山下的竹园镇门楼

---

① 江竹筠档案,A23。

2012年厉华采访87岁的梅运家

上挂起。路上，嘴巴还在流包谷糊糊，好惨……"

在这惨痛的时刻，江竹筠从各方面的情况分析，目前武装起义难以再展开。她要求暂时停止武装暴动，就地待命，绝不能再做出无畏的牺牲。而且江竹筠明确地向游击队的同志表示："我是决不离开川东的。"接着，她又严肃地说："我希望你接受这次教训，首先要扎扎实实地组织群众，打好基础，尽量避免青莲乡那样的损失。"随后，江竹筠立即与卢光特返回重庆向临委报告武装起义失败的情况。

1948年2月7日晚，江竹筠和卢光特到了重庆。向川东临委领导汇报了下川东武装暴动失败及彭咏梧牺牲的情况后，江竹筠表示：希望派她继续到下川东去工作。

江竹筠的战友卢光特记载了当时的情况：

2019年春节，采访94岁的梅运家

临委考虑江竹筠不能再去下川东，因为她去很容易暴露，而且孩子太小，需要她照顾。再三要她留重庆工作。好心的朋友也劝她接受组织的安排。她自己也知道此去有危险，可是她坚持要去："这条线的关系只有我熟悉，别人代替有困难。我应该在老彭倒下的地方继续战斗。"①临委只好同意她的要求。

竹筠的决心是如此坚定，在重庆只住了十几天就回到万县。并且把返回重庆的后路都自己斩断了：她异乎寻常地把住址暴露给小卢（卢光特），存心不再住下去；将自己的家具什物赠送给别人，甚至结婚时购置的衣柜也送给了办《挺进报》的刘镕铸……真是破釜沉舟啊！少年时曾使她铭心动容的诗句——"风萧萧兮易水寒，壮士一去兮不复还"，不

---

① 江竹筠档案，A23，第65页。

正是她此时的胸怀么？①

江竹筠离开重庆前，她到蒋一苇、陈曦夫妇家看望自己的孩子时触动了她对丈夫牺牲的哀伤，抱着云儿痛哭了很久。当时蒋一苇、陈曦到亲戚家做客，回来后，陈的母亲说："江竹筠才怪呢，老大初一见了小云就哭，又不说什么。"陈曦去对何理立说了上述情况。晚上，江竹筠到何理立家住宿，何问她："今天大年初一你到人家那儿哭哭啼啼干什么？"何很生气，不理她。过了一阵，江竹筠拍着何的肩说："理立呀！两岁的小孩能记得父母吗？"何不懂她的意思。她才说："你的爱人还关着，负担已很重了。所以我没有告诉你……"她才说出老彭已牺牲了，两人抱头痛哭起来。②

1948年2月中旬，春节还没过完，江竹筠就轻装上阵，连被子行李都没带，只怀揣着从竹安弟那儿拿的那本《联共（布）党史简明教程》，离开重庆，乘船去了万县，表现出一个革命者的义无反顾的决绝。4月下旬，临委和下川东地工委决定：留江竹筠在万县，暂时与万县县委书记雷震、副书记李青林等一起工作。后来通过雷震的帮助在万县地区法院谋得书记员的社会职位。

---

① 江竹筠档案，A23，第65页。
② 江竹筠档案，A23，第65页。

家书寄情

江竹筠在万县期间，配合万县地下党组织联络失散的游击队员和帮助游击队转移，只要有空，她就不断地写信给彭咏梧前妻谭正伦的弟弟谭竹安，抒发心中对自己战友、丈夫，以及孩子和谭正伦的思念和牵挂。

江竹筠一家三口

江竹筠在万县期间写给谭竹安的信，现在有7封被保存。第一封信是在1948年2月27日发出的，信中她告诉谭竹安"我（职）业还未成功，所以住址也没有定，定了以后再告诉你"。

3月19日寄给谭竹安的信中诉说了她的状况，流露出她对战友、良师、爱人彭咏梧的深深怀念："我下来已经快一月了，职业无着，生活也就不安定。乡下总是闹匪，又不敢去，真闷得难受，何法？由于心情不好，总提不起笔，本来老早就想给你信了。"在这段时间，彭咏梧总是不断在她心中出现，她忘不了他，她在思念的痛苦中不得不面对事实。

> 四哥，对他不能有任何的幻想了，在他身边的人告诉我，他的确已经死了，而且很惨，"他该会活着吧？"这个唯一的希望也给我毁了，还有甚（什）么想的呢？他是完了，"绝望"了。这惨痛的袭击你们是不会领略得到的，家里死过很多人，甚至我亲爱的母亲，可是都没有今天这样叫人窒息得透不过气来。
>
> 可是，竹安弟，你别为我太难过，我知道我该怎么样子的活着，当然人总是人，总不能不为这惨痛的死亡而伤心，我记得不知是谁说过，"活人可以在活人的心里死去，死人可以在活人的心中活着"，你觉得是吗？所以他是活着的，而且永远的在我的心里。

彭咏梧牺牲以后，对他的一切思念江竹筠都寄托在云儿的身上，云儿就成了她心灵的寄托，她怀念老彭，更深爱着年幼的彭云，因此每封信中，她总是不能忘怀对云儿的思念。

竹安弟：

友人来信说快一月了，耽搁至今才着笔，实在也说不过去。

乡下路若闹起又不敢去，真的路难受。好作？由枫之情不好，信提不起笔，要老是说若给你做了

你玩在还好吧，就要你健康。

四哥，对他不能有任何的幻想了。在他去边的人若说张，他

的碓已经死了，而且很惨啊。他许会活着吧。这个唯一的希望也破灭了。还有甚么好呢，位在云兄，"绝望"这样痛的

登重你似乎不会领路的。到那时候死过很多人甚至亦就发发的

由藐可是都没有今天这样叫人窒息得透不过气来。

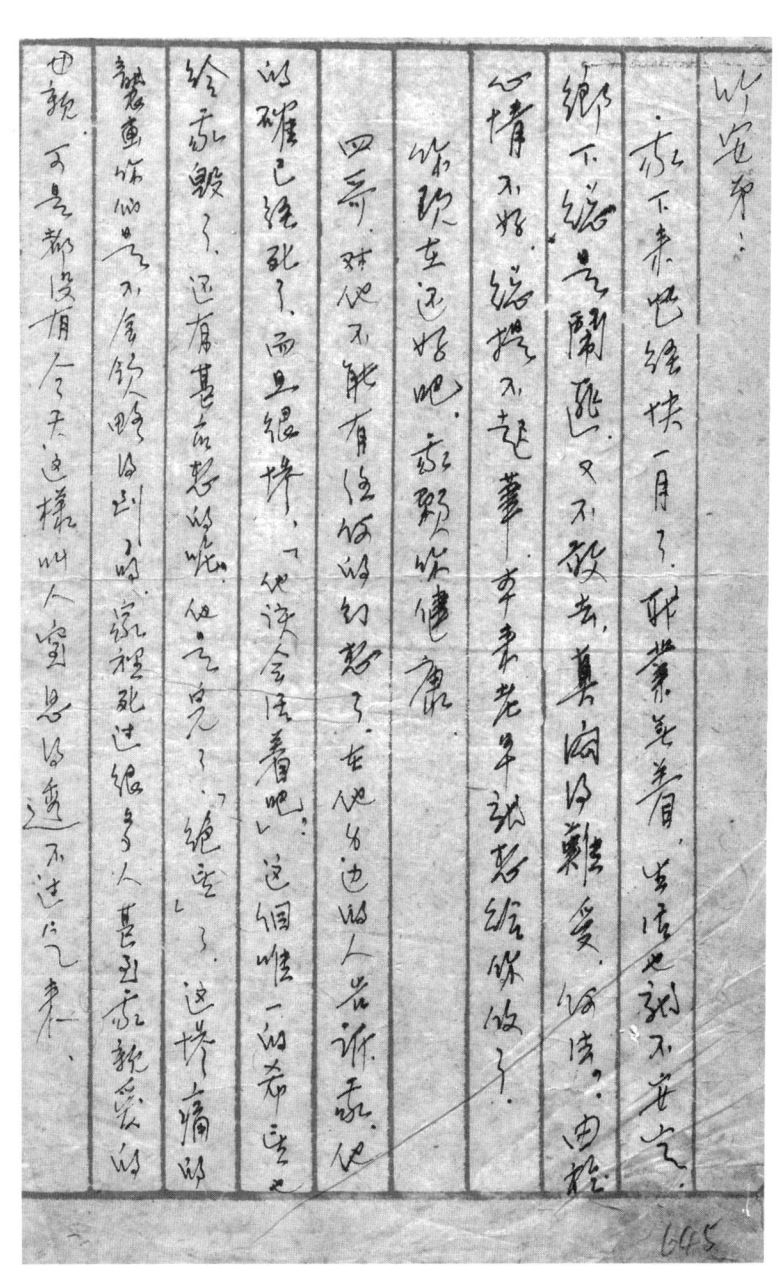

江竹筠3月19日给谭竹安写的信（1）

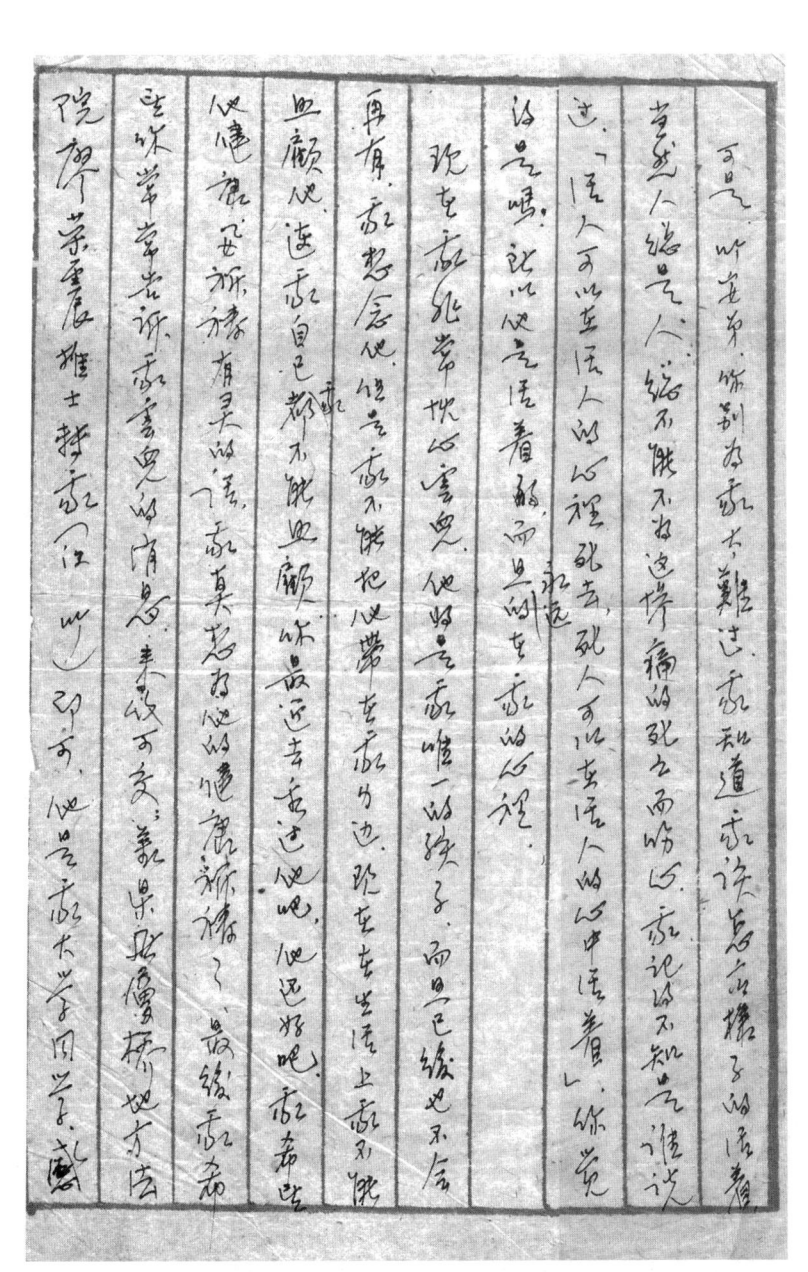

江竹筠 3 月 19 日给谭竹安写的信（2）

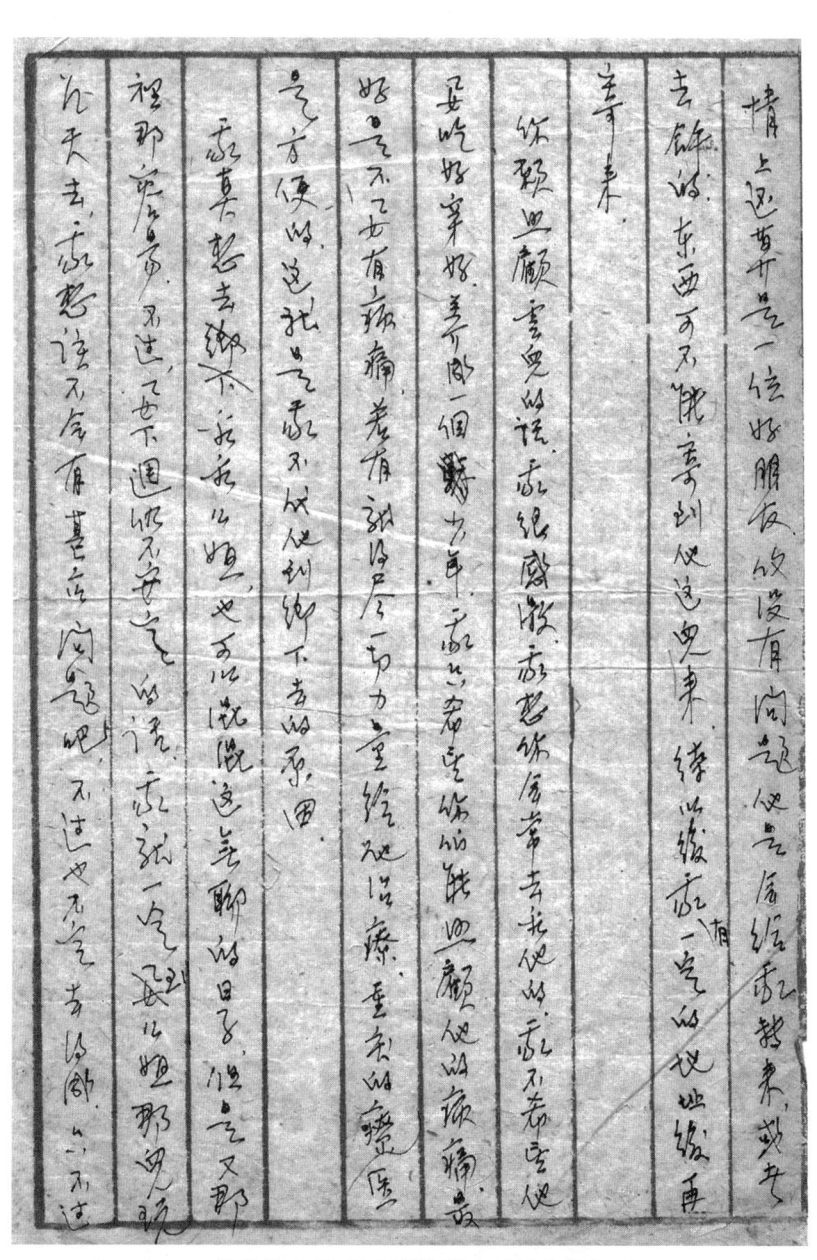

江竹筠 3 月 19 日给谭竹安写的信（3）

你好

高志远考起吧？就此搁别了

幺姐 三、十九

江竹筠3月19日给谭竹安写的信(4)

现在我非常担心云儿,他将是我唯一的孩子,而且以后也不会再有,我想念他,但是我不能把他带在我身边,现在在生活上我不能照顾他,连我自己我都不能照顾。你最近去看过他吧,他还好吧,我希望他健康。要祈祷有灵的话,我真想为他的健康祈祷了,最后我希望你常常告诉我云儿的消息,来信可交:万县两层桥地方法院廖荣震推士转我(江竹)即可,他是我大学同学,感情上还算是一位好朋友。信没有问题,他是会给我转来,或者去拿的,东西可不能寄到他这儿来,待以后我有一定的地址后再寄来。

你愿照顾云儿的话,我很感激。我想你会常去看他的,我不希望他要吃好穿好,养成一个骄(娇)少年,我只希望你们能照顾他的病痛,最好是不要有病痛,若有就得尽一切力量给他治疗。重庆的医疗是方便的,这就是我不代(带)他到乡下去的原因。

……

由于生活不定,心绪也就不安,脑海里常常苦恼着一些不必要的幻想。他,是越来越不能忘了,云儿也成了我时刻惦记的对象。我感谢你和其他的朋友,云儿是生龙活虎的,我知道他会这样在你们的抚育之下,他是会健康而愉快的成长的。可是,我不愿意他过多的耗费你们的金钱和时间,吃得饱、穿得暖足矣,可别娇养,但是得特别注意他的病痛。春天来了得严防脑膜炎。

……你去看云儿没有呢,他还好吧,这个月(四月)十八日他满两岁了,他鞋子衣服有穿的吗?由于生活得无聊,很想念他的。生活安定,我很想同他在一块儿的,奈何不得，我现在都寄食在朋友家里，没事来信吧。……

……今日进城来二哥处，看是否有你的信。的确我非常想能快点看到云儿的像，他的像照了吗？寄来了没有呢？仍寄原处可收到……

老彭牺牲了，留下两个他爱过的女人踽踽而行。在江竹筠心里，么姐，真是一个了不起的女人。对于自己非常念想的彭咏梧的前妻谭正伦，她很想当面向这位自己心中有欠的"么[1]姐"说明与老彭之间的一切，期望得到她的谅解。但是，她做不到，因此信中江竹筠这样写道：

……我真想去看看么姐，也可以混混这无聊的日子，但是又哪里那容易。不过，要下周仍不安定的话，我就一定会到么姐那儿玩几天去，我想该不会有什么问题吧。不过也不定去得成，只不过我在这儿想罢了。就此握别。

……么姐，也成了我不能忘记的人。可是我能给她一些甚么帮助呢？我想去看她，而且很想在春假里去，但是又有多大的好处啊？除了感情上大家得到一些安慰而外，而且，我的身子多病，恐怕在路上出毛病，所以去不去都叫我很难决定。

我知道她会像亲生的孩子一样的爱云儿，就像我对炳忠一样，基于人类的真诚的爱是不能否认的，我尤要相信，更何况她的孩子的父亲也就是我的孩子的父亲呢？

---

[1] 么，读 yāo，同"幺"。

竹安弟：

我曾发给了你此封信，收到没有呢？吟啸还没有回信来呢。云儿没有呢，他还好吧。这个月大月，他瘦了没有呢，他鞋子衣服有穿的吗？由于生活困难，很苦念他哟！生活安定我很想见他在魂儿哦。余好不同，家叔主持寄之，朋友京托。

四川万县地方法院用笺

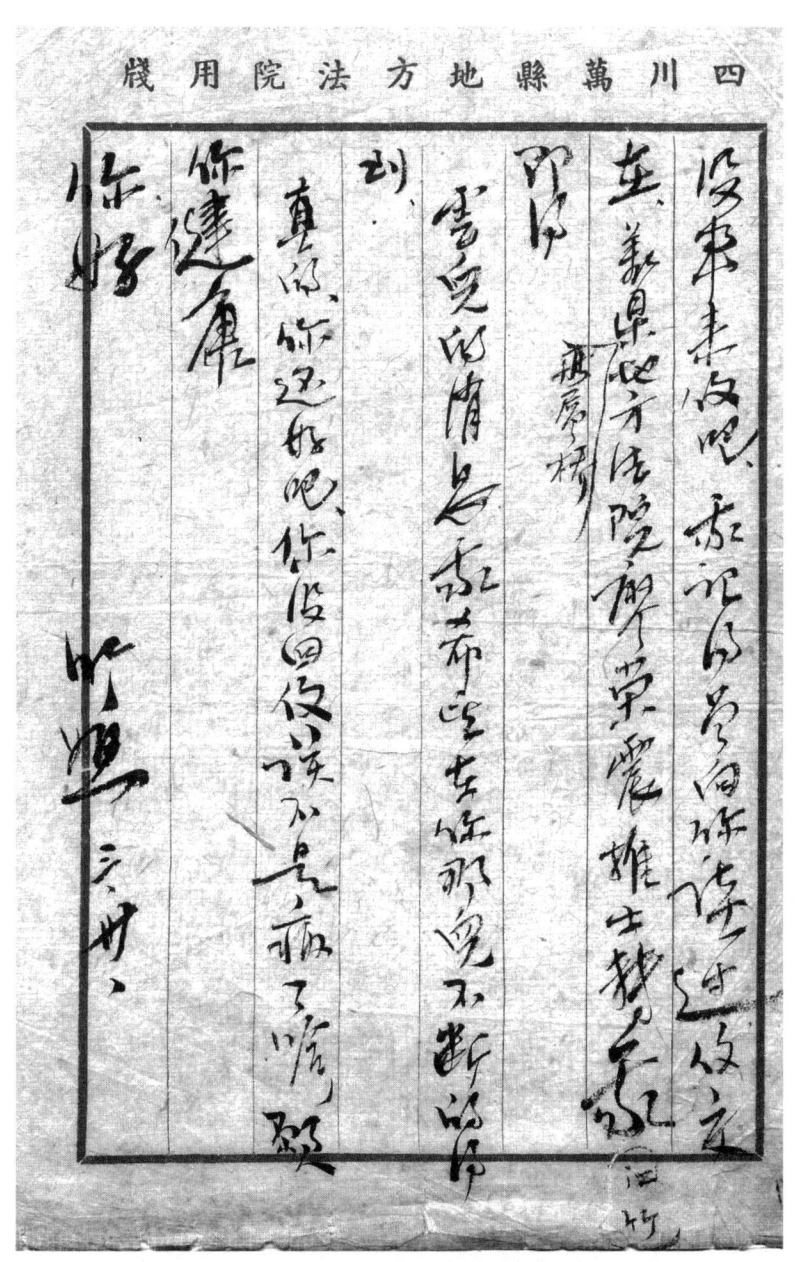

没来未发吧，来时因为有你陪伴还很好，走，万县起了任陈摩炎震难志独无双，即你理房子。

云安的情况希望由你那儿不断告诉

真的，你还好吧，你估回复误不是病了吗？

你健康

你好

竹姐 三卅、

江竹筠 3 月 30 日给谭竹安的信（2）

谭竹安的信，成为她痛苦生活中的很大慰藉，她在信中这样写道：

你三月廿四日的信我收到了，谢谢你。信给了我温馨，也给了我鼓励，我把它看了两次，的确，我感到非常的愉快。

她在给谭竹安的回信中谈到下川东的情况：

……乡下的情形我也不怎么太清楚，政府尽力围剿以后四乡都比较清静，最近几月以内可能没有事情发生，正反省从前的错误另定新策，以后乡下人可能少吃一点苦头了。

虽然自己一直处于痛苦之中，但是她时刻关心着谭竹安的成长和幺姐及炳忠的健康。自从没能说服弟弟江正榜离开国民党投身革命阵营后，她就把谭竹安当成亲弟弟一样关心培养，总是能从竹安弟这里得到一些补偿似的慰藉。来下川东之前，她曾找到重庆地下党组织的联系人，谈了自己介绍谭竹安入党的情况，联系人很尊重她的意见，答应很快就派一个化名李清的同志找谭竹安落实。这位同志的确很快去找了谭竹安，只因谭竹安太过谨慎，遗憾地错过了这次机会。当江竹筠从信中知道此事，她立即回信给谭竹安，对此表示了深深遗憾。

她在 4 月 15 日的信中写道：

李表兄的事就这样放过了，真是遗憾得很。他既然表明姓李谈到四哥和我，当然是李表哥无疑，怎么你竟不相信？竟没有把他认得出来？他是否说过再来看你，以后你如何再和他见面我也不知道了。现在我没有办法看到他，记得走的

江竹筠 4 月 1 日给谭竹安写的信

时候跟你说的很清楚,他既是姓李为甚(什)么不追问他是否叫李清,不是就把问题弄清了吗?

……李表兄是否再来看你?他讲过没有?希望你们能见面,那(哪)怕是一个偶然的机会也是很好的,要是能见面,一切事可以同他商量。

据你信上说来,么姐恐怕已到渝了,她和炳忠都好吧?愿她们健康。托儿所能够办起来,当然是非常好的事,愿能多照顾么姐和几个孩子。我虽然很穷,但亦不需用甚(什)么钱。假若么姐要去托儿所帮忙,不防(妨)和何姐(胜利电影院那位)商量。她是我的好朋友,说明么姐和四哥的关系盼她能帮忙,若暂勿(无)去处,也没有关系,再不久的将来总会有适合于么姐所能(做)的事,你觉是吗?我等着云儿的照片。就此握别。

你好

竹姐　四·十五

在 6 月 10 日写给谭竹安的信,也是江竹筠在万县发出的最后一封信:

没有好久以前(记不清日子了)曾给你一封信,信以前给你由和成银行电汇了贰百万元,想你已经收到了吗?由于事情忙和家庭的拉累,没时间是吧?所以没有回信。

近来你们还过得好吗?明日端午了,"每逢佳节倍思亲",今以思亲的心情*①给你们这封信并遥祝你们的快乐和健康。我呢,还是这样不太快活也不太悲伤。当然有时也不禁悽然的为死了的人而流泪。

---

① 此字暂无法准确释读。

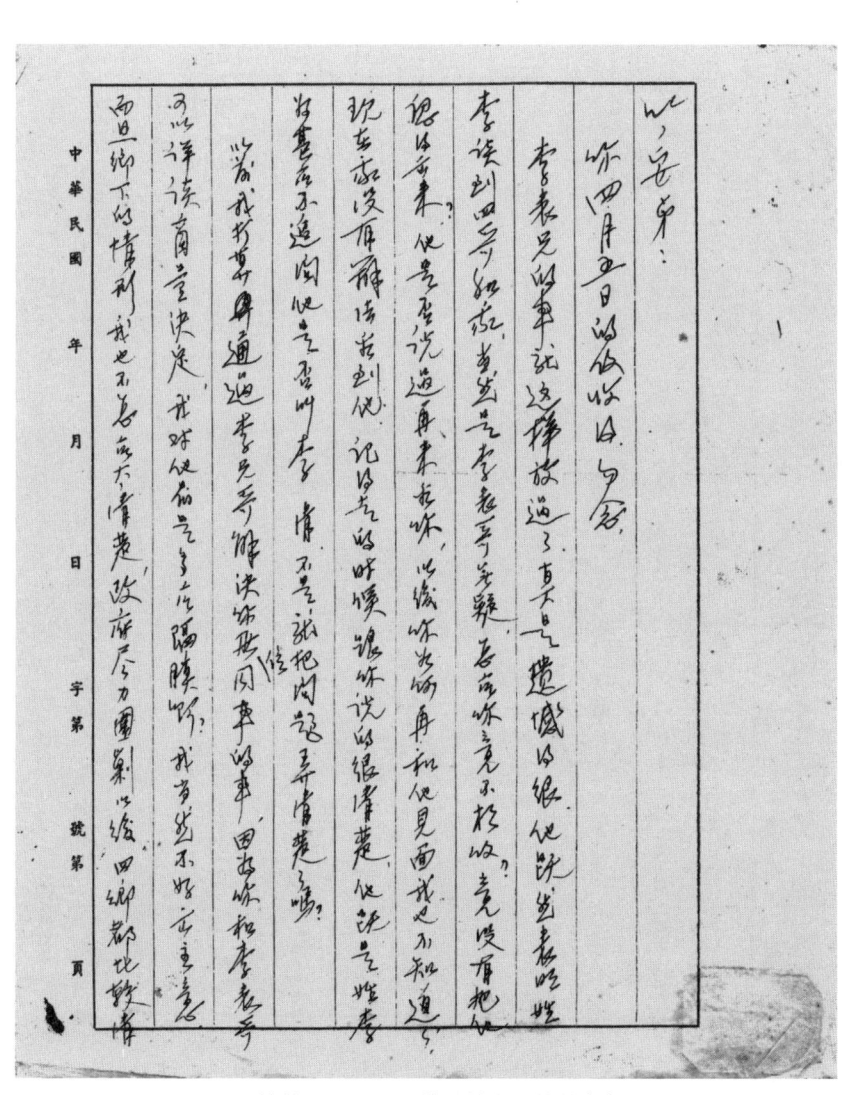

竹安弟：

你四月五日的信收到了。

李表兄的事就这样放过了，真太是遗憾。他说出去表明些，李读到四号她起老会是李表哥等疑，当后你是不能发表把他，他要是说过来来找你，必须你出面再和他见面我也不知道？

现在既没有辨法找到他。记得老的时候，跟你说的很清楚，他说要性麽搞不着。不是，就把问题弄清楚嘛！

我打算马上通过李兄寻接决你现因事的事，因为你和李表哥可以详谈商量决定。我对他命运多在隔膜呀！我实在不好表示意见

西旦乡下行情我也不太清楚，政府尽力围剿以后四乡都比较凄惨，

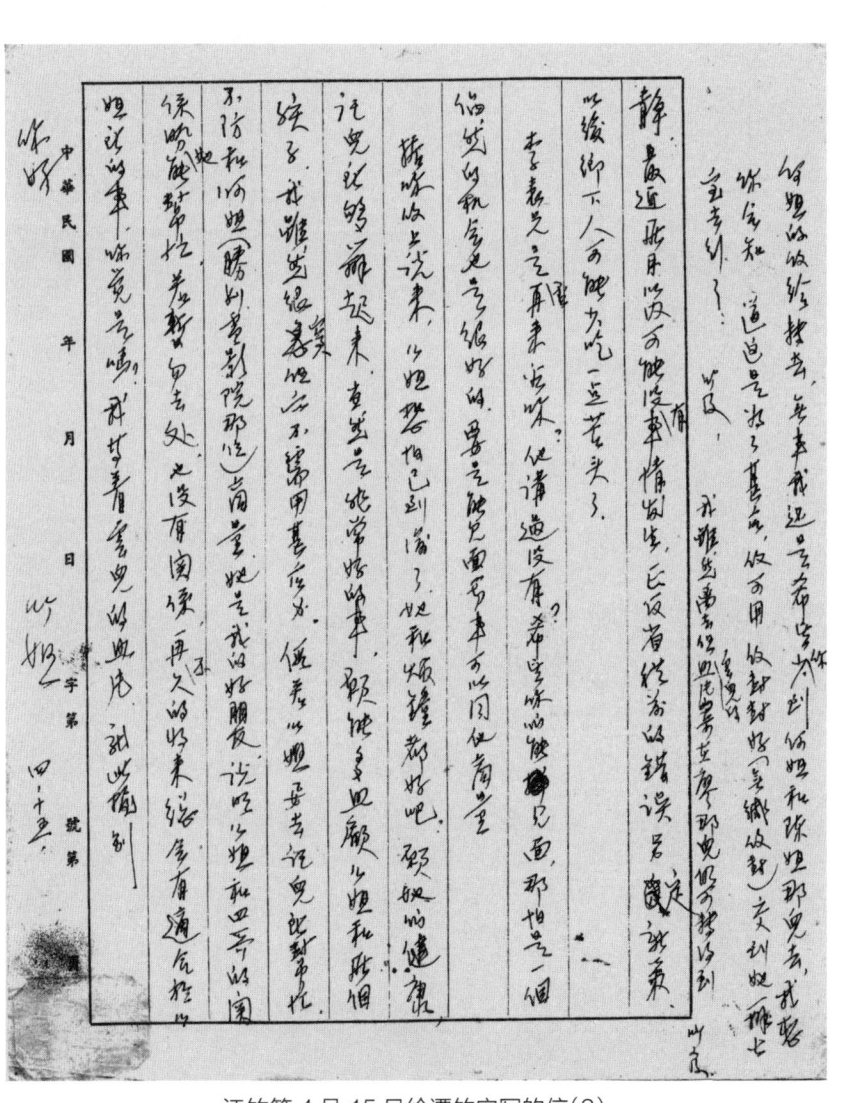

江竹筠4月15日给谭竹安写的信(2)

你们每个人都健康吧？云儿复原了没有呢？没有生其他的病吧？我惦着，云儿是否拖累你们了，尤其是累你。不要客气，若需要他离开的话，我可以把他接来，我现在的生活比较安定，而且和我在一起不会有好多困难，你们觉得怎样？

老实，你作家庭教师，该不会教我的云儿吧。我绝不容许在他这么小的年纪在知慧上给他以启发，注意，知慧，别启发他，让他自己长进，启发早了是不好的。

你近来生活安定了些吧？清闲了些没有呢？若老实像你上封信样的忙碌，那才是件糟糕的事呢？

以后我想按月给你们一点钱，稍为津贴一下。只是我的被子等行李又没有了，还得以我的薪津来制，真是糟糕。好在天气热了，需要不急，到了秋天，几月累积制一床被我想总归制得起了吧。

以上信件见江竹筠档案，A23。

把信寄出去以后，她动过这样的念头，到重庆看看么姐，看看云儿，她甚至买好给炳忠的礼物，一封漂亮的速报，然而，她再也没有这个机会了。就在端午节发出给谭竹安的信时，重庆的叛徒就带着一批特务到了万县城。

地下党工作时期的有些事情，在今天看来难以理解。但在那个年代，为在白色恐怖下开展地下党工作而放弃个人的一切，包括对家人的责任与情感，乃至于牺牲个人的名节，就是因为党的利益高于一切。

江竹筠为什么有那样坚定的意志和信仰？她的同事谢若英回忆说："我和江竹筠认识是1942年的春天，我失业后被反动派追迫，经朋友介绍去她家。那时只有她一人住在观音岩一间小屋子里，每天一早便步行到曾家岩妇女指导委员会办公。我们相处得非常融洽。她坦竹安：

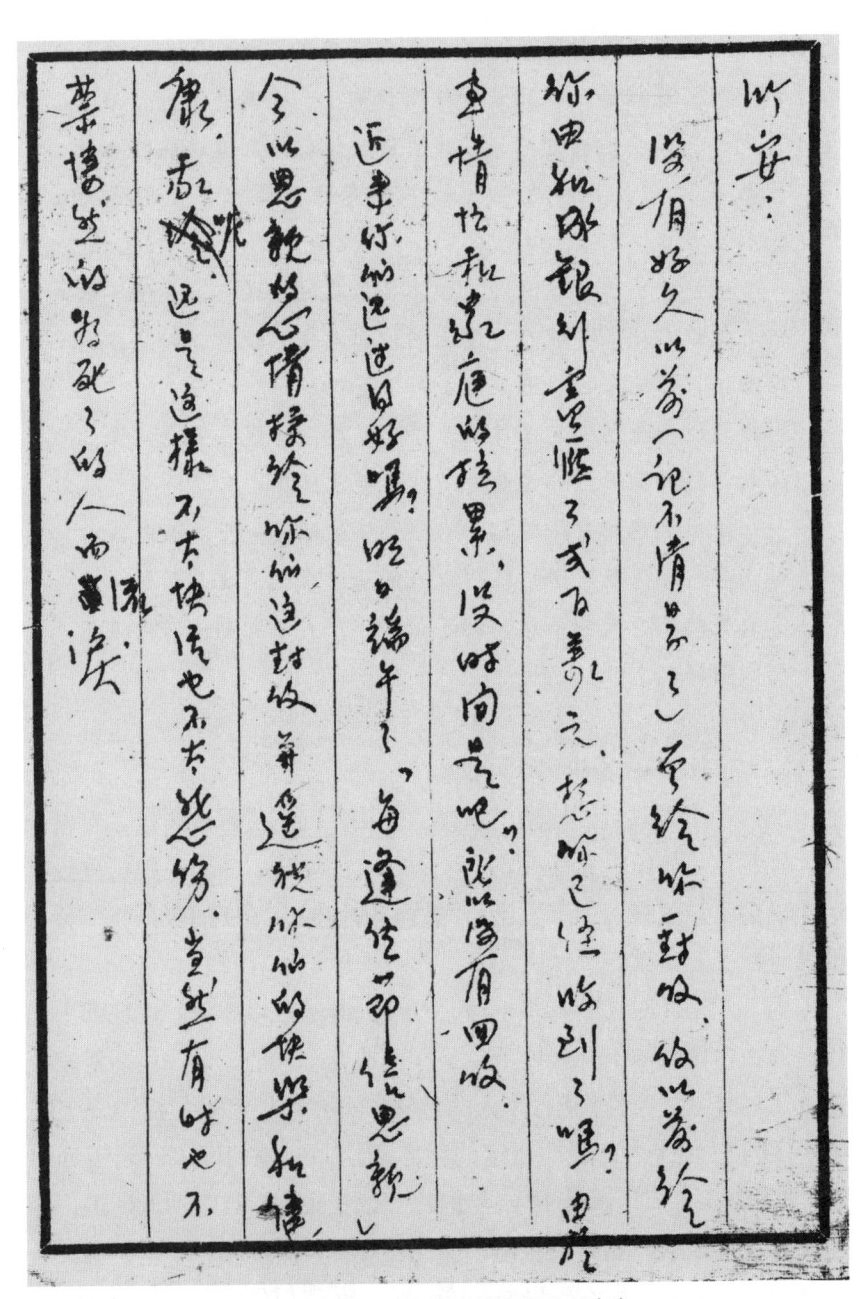

好久好久以前（记不清时间了）接到你一封信，好由秋到现在算起也有几个月了。想你已读到了吧？现近来你的近况好吗？身体忙碌和庭院的结果，没时间写吧，能常有回信。

今让我挂念的心情接给你的这封收等着你的快乐和健康，我也是这样不去快信也不去想你，虽然有时也不……

荣情还好……

江竹筠6月10日给谭竹安写的信（1）

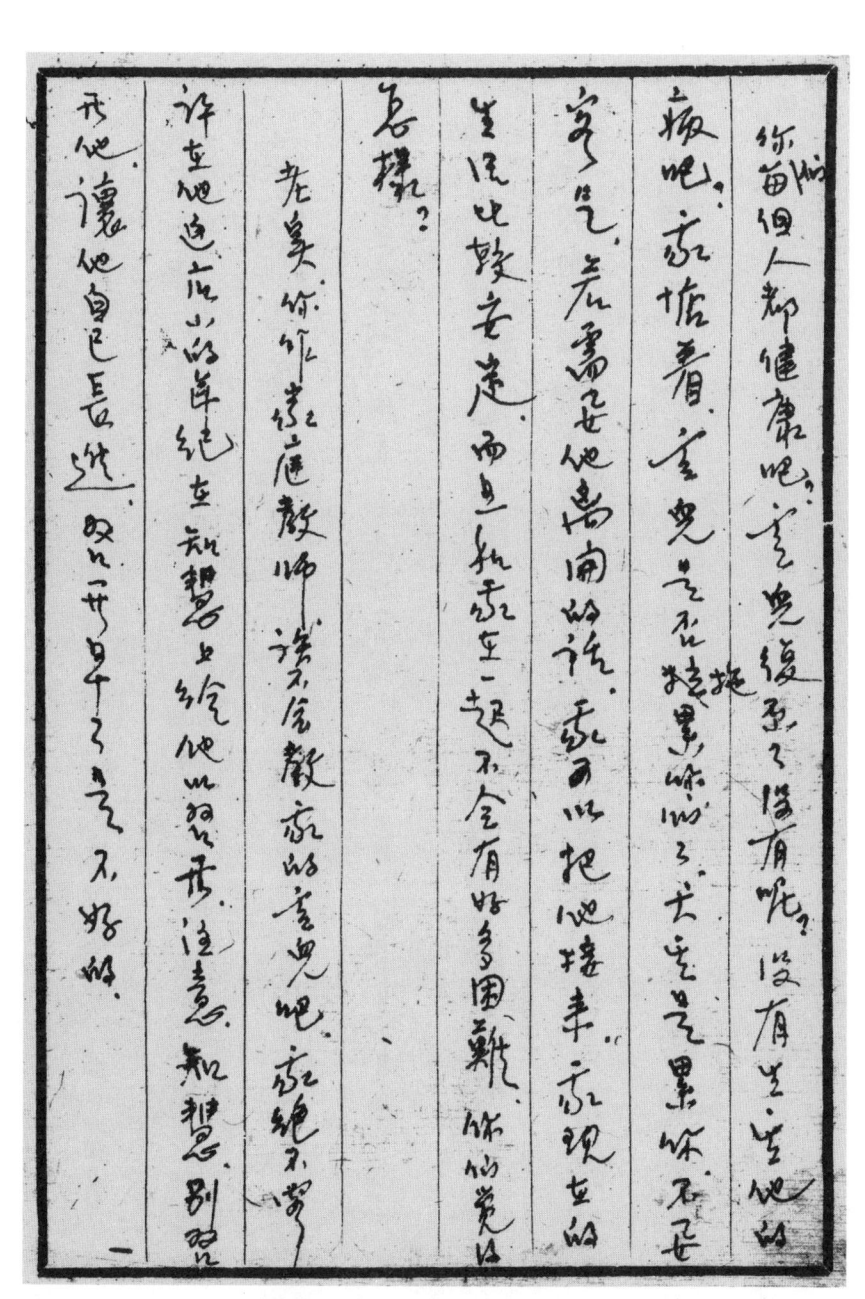

你妈他们都健康吧？云儿复元了没有呢？没有生霉吧？疲呢，云姊看云儿是在哥哥那样像你，还是云姊，还是，老实说我他要是他离开的话，我可以把他接来，我现在的生活比较安定，而且我不会有好多困难。你的觉得怎样？

老实你作我这一匹教师，请云儿教家的云儿吧，云姊绝不会许在她这么小的年纪在就替爸爸给他以将来，注意，我想恐别管

养他，让他自己长选，叽叽歪歪是不好的。

江竹筠6月10日给谭竹安写的信（2）

你近来生活安定了些吧。情绪好了些没有呢？若老是像你上封信的样的话确。那才是咋遭遇的来呢。

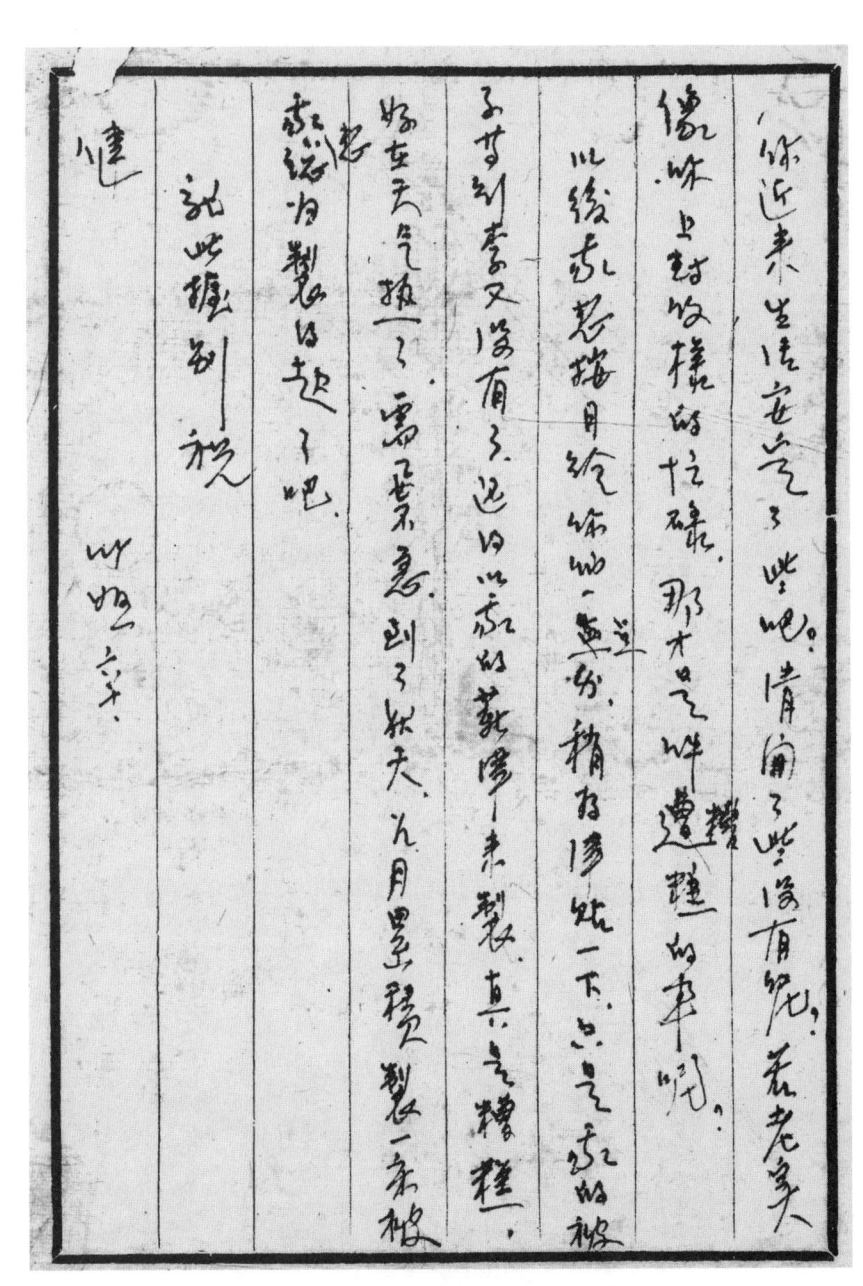

此后来封信月给你吗一无份。稍有停就一下点是不好的被

子弹到老又没有了这内必须要写一来製。真是糟糕。

好在天气换了。需要不急到了秋天。九月墨穆製表一来被

我给为製日起了吧。

老

就此搁别机

健

此照云

江竹筠6月10日给谭竹安写的信(3)

直，有劳动习惯。她常常说：'我自信能够遭受得起打击，因为我是在冷漠中长大的。'……不愿自己永远愚昧地被人奴役，这倔强的性格使她走上了革命的道路。"①

贫困的家世，使江竹筠立志要通过知识改变命运。追求知识接受共产主义理论，使她有了为党工作奋斗的崇高理想，崇高理想的坚定使她对党绝对忠诚。

---

① 江竹筠档案，A23。

酷刑拷打　钢铁意志

1948年4月以来，重庆地下党组织遭到巨大破坏，市委书记刘国定和副书记兼组织部长冉益智等先后叛变。冉益智叛变后亲自带领特务到万县，于6月14日抓了江竹筠等人。

万县地区党史办的杜之祥记载：冉益智叛变后带人到万县抓了川东临委副书记兼下川东地工委书记涂孝文，"涂向敌人告密，说江竹筠就是下川东游击纵队政委、下川东地委副书记彭咏梧的妻子。江竹筠现改名江志炜，在伪万县地方法院作雇员掩护等等"。后来，冉益智随特务到万县法院逮捕江竹筠。1948年初，江竹筠从重庆回到万县。先是和她带到万县地区来的育才中学学生周毅一起，暂住在党员李承林家里，后来，两人在一个小学教课作掩护。不久，她把课程让周毅全担了，并叮嘱小周注意隐蔽，有事她会来找。为了工作的方便，她通过原四川大学同学廖威的关系，介绍到伪地方法院作雇员，在收费处收讼费作掩护，和雷震等战斗在一起，暗中联络下川东暴动地区的同志。五月份，卢光特从重庆来万县找到江竹筠后，谈了重庆敌人疯狂捕人的情况，江竹筠感到情势危急，便周密地安排同志们转移。转移周毅时，江竹筠亲自为她置备行装，送她上船，把她交给在船上当"二副"的"表弟"。临别时并鼓励小周说："只要你坚持革命，革命组织一定会找到你!"

6月14日,江竹筠吃过午饭,趁同志们在睡午觉,她从伪地方法院出来,准备去找一个可靠的"交通"给百里外龙驹坝的地委委员唐虚谷①带个信,这几天重庆、万县的气氛都不大对,要他特别警惕。江竹筠走完法院街,刚跨上一马路,突然有人叫她:"江姐!"听声音很熟。江竹筠回头一看,叫她的人原来是冉益智。江竹筠知道冉是地下党重庆市委副书记,在重庆时因工作关系,曾与老彭有过交往。最近重庆形势紧张,这个人突然来找她干什么?马上警觉起来,便问冉:"你怎么来了?""三哥……呵,老王他叫我来……"三哥就是川东临委书记王璞。按党的地下工作纪律,在大街闹市绝对不许可谈党的事,更何况把川东临委书记老王直接提出来。江竹筠判断冉肯定出了问题,便不理他,直往前走。冉益智马上原形毕露,伸开双臂在前头将江竹筠拦住。江竹筠掀开他,愤恨地说:"光天化日之下,你想干什么?"正在这时,两个特务涌上来,江竹筠就这样被捕了。②

国民党特务抓住江竹筠后,逼她说出游击队的情况,因为川东临委副书记兼下川东地工委书记涂孝文把一切都推到江竹筠的身上。涂孝文叛变后,敌人追问他关于游击队的事,要他交出游击队的组织。涂孝文因原来过问这方面的事不多,怕越说越不清楚,影响敌特对他的信任,出于个人的利害关系,他便把一切都推在彭咏梧和江竹筠身上。

江竹筠等在万县被叛徒出卖的十几个人全部被带上民贵轮的大餐间押往重庆。途中,江竹筠告诉同被捕的刘德彬等人:啥子都不能讲,一切往我身上推!

特务从叛徒口中得知,江竹筠曾经担任过重庆地下党机关的机要

---

① 唐虚谷,四川渠县人,1939年在渠县加入中国共产党。1949年11月14日,被国民党特务杀害,殉难于重庆电台岚垭。

② 江竹筠档案,A23。

文书，又是下川东地委副书记彭咏梧的妻子，手里肯定少不了川东地下党的组织机密，特务们不禁一阵狂喜，妄想从她身上找到"大缺口"，可以大面积破获重庆的地下党组织。

敌人的这些妄想，也正好是渣滓洞监狱难友们的极大担心。

这种担心，首先基于当时重庆地下党的严酷现实和渣滓洞的沉闷空气：江竹筠被捕前，由于重庆市委书记刘国定、副书记冉益智以及川东临委副书记兼下川东地工委书记涂孝文等相继叛变，许多共产党员和革命志士被出卖而被捕入狱，他们对叛徒的出卖感到十分义愤，同时又对领导的变节感到茫然，平时崇拜的上级怎会如此背叛信仰，出卖同志？有的人甚至对革命产生了怀疑。所以，整个狱中的气氛非常沉闷。

其次，难友们的担心还出自江姐曾经的状况：老彭牺牲后的一段时间里，她难以从悲痛中恢复，一想起老彭总不免要伤心流泪，遇到自己人也总是控制不住情绪，甚至还到帮她带儿子的战友家中去大哭了一场。

她刚刚失去了挚爱的丈夫，儿子还那么小，身材又是这般瘦弱，她能扛得住吗？如果江姐再出问题，那么，下川东地下党就可能遭受灭顶之灾，后果不堪设想！

后来的事实证明，难友们的担心其实是多余的，江竹筠用自己的实际行动作出了坚定的回答，也正是从她的身上，难友们重新看到了希望和坚定了信念。

史料对江竹筠被捕后备受酷刑折磨的记载：

> 坚贞不屈，严守党的机密，被狱中难友称赞为"中华儿女革命的典型"，并亲切地称之为"江姐"。为鼓舞狱中战友斗志，提出"坚持学习、锻炼身体、迎接解放"的口号，组

织难友学习、讨论。[1]

当时在渣滓洞监狱被誉为黑牢诗人的蔡梦慰[2]发誓要把狱中的情况记录下来,写了《黑牢诗篇》的长诗。大屠杀的时候,他将诗稿抛入荒草丛中。解放后,人民解放军在清理刑场的时候发现了这份诗稿。诗中有一段是记录狱中刑法的经过:

> 热铁烙在胸脯上,
> 竹签子钉进每一根指尖,
> 用凉水来灌鼻孔,
> 用电流通过全身……
> 人的意志呀,
> 在地狱的毒火里熬炼——
> 像金子一般的亮!
> 像金子一般的坚!
> 可以使皮肉烧焦,
> 可以使筋骨折断;
> 铁的棍子,
> 木的杠子,
> 撬不开紧咬着的嘴唇,
> ——那是千百个战士的安全线呵!
> 用刺刀来切剖胸腹吧,
> 挖得出的——
> 也只有又热又红的心肝!

---

[1] 江竹筠档案,A23。
[2] 蔡梦慰被捕前是《工商导报》的记者,民盟盟员。

这是对于狱中刑法的真实写照！在敌人的酷刑威逼之下，江竹筠承认自己是共产党员，但是组织关系情况是我们党的秘密，绝对不可能告诉敌人！

曾经在渣滓洞监狱担任过看守的梁述昌，解放后在交代材料中记载江竹筠"她在监狱中，在女的遇难中，是一个有说有笑的人""就是她在备受残酷的刑具拷打时仍未发出难过的呻吟""特务们给予的无情的磨折，（她都）视若无事随时都流露满脸的笑容，从未看见她有过伤感的表现。在狱中春节联欢会中，她当时表现是很积极活跃，舞蹈歌唱她都出场表演"。[1]

1948年4月入党的曾紫霞，与未婚夫刘国鋕烈士一起被国民党反动派逮捕，和江竹筠等一起被囚于渣滓洞女牢。于1949年8月被营救出狱。解放后任华西医科大学社会科学部教授，1988年3月19日6时30分不幸逝世，终年60岁。她是小说《红岩》中孙明霞的原型。她在《战斗在女牢》一书中记载[2]：

> ……监狱是座大熔炉，一切懦夫、胆小鬼、投机分子……终将在熔炉里被烧成灰烬、化为残渣，被抛进历史的垃圾堆；一切善良、正直、先进的人们却会在熔炉里锻炼成长，在那里哪怕是短时间形成的品格、气质常常会在他们的一生中闪光。监狱是个大学校，在那里极端残酷的斗争逼迫人们一次又一次地经受熬煎，把他们锻炼得坚强异常；在那里复杂的斗争迫使人们必须保持清醒的头脑、独立地分析和处理各种意外事件，把他们培养得聪慧灵巧；在特殊条件下培育了他们的特殊才能，使他们显得不同寻常。

---

[1] 江竹筠档案，A23。
[2] 曾紫霞：《战斗在女牢》。

……在渣滓洞，难友们对遭受酷刑的战友特别关怀。对许建业、刘国鋕、杨虞裳、李青林等受重刑的难友有过许多相互关怀的动人情景，但对江竹筠的关怀更能说明难友之间的友爱。当江竹筠被提出女牢去审讯时，渣滓洞十八间牢房的人没有片刻心安：有人把头伸出牢房风门口的洞在探望；有人不断在设法打听情况；有人在向刚入狱的难友介绍江竹筠怎么不同于一般；有人在估计这次审讯会延长到什么时间；女牢的难友则在打听受了什么刑，准备着怎么让她回牢后舒服一点，使她伤痛减轻一点。江竹筠被带回女牢时，几个人把她抬到床上，有人抱着她喂糖水，有人在用盐水清洗她的伤口……她没有在受刑时落泪，却在难友的怀里哭了，伤心地哭了，还骂了声：特务龟儿子真狠！

……难友在为江竹筠揩脚时，生怕碰痛她的镣伤，动作十分轻柔，就在这时出现了一个奇迹：江竹筠的脚小得出奇，在角度恰当时，她的脚可以从上了锁的脚镣脱出来！女犯们几乎惊叫了起来。从此，江竹筠在脱下脚镣之后，除大小便外，几乎整天都用被子盖在身上坐着，或躺在床上。有的女犯也不知道她在床上时根本没有戴上脚镣，只要有特务喊女牢的人出去或进女牢时，自有女犯早已机灵地把江竹筠的脚放入了脚镣。这件当初对敌特保密的事几十年都无人知晓。

在谈到狱中通过学习来坚强革命意志时，曾紫霞写道[①]：

---

① 曾紫霞：《战斗在女牢》。

women牢的政治学习开始是三三两两一块讨论，以后牢里基本上分为三个组，三个组的主持人是江竹筠、黄玉清和我。我们三人拟定学习计划、讨论内容等，李青林、胡其芬当参谋。实际许多事都是大家商量，我们三人主要是作具体安排，最麻烦的是没有书，我们三人先把自己记忆的东西一块凑出来，用竹签蘸红药水或墨写在草纸上（当然以江竹筠为主，她记得又多又准），写好后给李青林、胡其芬、张静芳等较老、文化也较高的难友看后提出补充，然后我们又重抄一遍。

内容反复学习过的有《中国土地法大纲》、刘少奇《论共产党员的修养》、毛泽东《新民主主义论》等。

当年曾与江竹筠在一个牢房关押，后来在大屠杀的火海中逃生的盛国玉回忆说："江姐知识丰富，文化较高，在女牢狱中是一个坚强的领导骨干，她组织难友学习政治经济学，稳定同志们的情绪。她还经常与男室楼上5室取得联系。放风时在窗口传纸条，谈内战消息和各方面的生活情况。"

在狱中被称为中国丹娘化身的江竹筠，在丈夫遭到敌人惨杀之后，没有在悲愤痛苦中沉溺，强压着对儿子的眷念之情而毅然回到丈夫老彭倒下的地方继续战斗。这义无反顾的决然需要多大的精神支撑力啊！为了党组织的安全、为了同志们的安全，她超越了生理承受力的极限，以顽强的精神意志，战胜酷刑、压倒恐惧，严守党的秘密，又以对革命必胜的信念和自己的聪明才智继续为党工作，展现了她对党组织的绝对忠诚。

曾紫霞写道[①]：

---

① 曾紫霞：《战斗在女牢》。

江竹筠，这个在狱中被难友称为"中国丹娘"的人，在丈夫遭到敌人惨杀之后，没有沉溺于悲愤苦痛之中，还毅然同不满两岁的幼儿分别，只身来到丈夫工作的地方，艰苦战斗，这该要经受多大的痛苦？当她为了党的利益、同志们的安全，身受酷刑而闭口不吐一字真言时，难道她没有考虑过，如果她牺牲了，云儿岂不就成了无父无母的孤儿？不，她什么都想过了。她什么都想到了，她已经打算好了当这一天出现时该怎么办。她用竹签作笔、红药水当墨在草纸上写的一封信就是由我出狱时带出的。她只要求我给她设法带一张云儿的照片到狱中去。这些都办到了。呵！云儿的母亲！我只知道云儿的照片温暖着你受尽折磨的心，不知道敌人是否让你把它揣在怀里走上刑场去慰藉你的英灵！在我出狱后，并没有中断这一关系。我出狱后就由我通过黄茂才同江竹筠联系，云儿的照片也是由此渠道给江竹筠带去的。我离开重庆、江竹筠牺牲后，女牢还通过黄茂才于11月带过一封信出来。这封信由刘康同志保存现交到了档案馆。

曾紫霞在这所提到的女牢带出去的信，是在江竹筠被杀害后，胡其芬通过策反争取过来的看守黄茂才送出的，被称为《最后的报告》：

……10月28日，歌乐山难友（被）公开枪决十人后，11月14日又秘密于白宫附近电刑房内烧死50人（实为30人），竹姐（指江竹筠）亦在其中，我们无限沉痛。又闻所内传说即将结束，除17人决定释放外，其余还有第三批第四批或将处决。每个人都笼罩着死亡的阴影。兰先生（指黄茂才）归来又带给我们一线生的希望。这就全靠你与朋友营救我们了。第三批传命令已下，可能周内办理！！！

……其次，提供我们的意见，作营救我们参考。公开争取切实保障政治犯安全，秘密谈判方式，以保障张群及徐远举将来优厚待遇，作为将来交换条件。将来如点交政治犯（确数兰可告知），阻止屠杀，徐于执行命令有大权，可以拖延处决，等待大军到来。

……兰此次见你时，定将外面情况，对政治犯处理消息，组织上的准备，以及盼望我们在这里进行的事项，详细告知。不日他将离所，不能再带你的回信与我们了。

以后，万一兰先生离开，我们必要与你接头又有妥当人时，我们代表人（用）"周梦华"名称。

第二批人是秘密处决，可慎重，不必要说即不说，以免引起朋友麻烦。但是对组织上可作秘密谈判材料。

吉祥　十一月二十一日

这封信是在 11 月 22 日由黄茂才送到指定的联络点，重庆大学学生况素华的手里。由于地下党组织所遭受的严重破坏，这封信没有能够被转交出去。

2007 年，重庆出现了前所未有的特大山洪，渣滓洞监狱瞬间被山洪倾泻冲毁。在抢修的过程中，国家文物局要求必须修旧如旧。因此，地面不能够用水泥，必须用原来三合土铺地。由于三合土是炭渣、石灰、沙子混合的，铺地面必须要夯实。工人就用夯土机来压实地面，结果在女牢江竹筠的床位，夯土机突然掉了下去。工人把夯土机取出时，发现是一个挖掘过的坑，坑底和坑壁明显散落一些碎瓦片。我们仔细发掘，发现土罐子碎片中有不少的铁器，门钉、抓钉、小铁棍等等。经过清理有几十件铁器。

我们立即意识到：这就是在采访脱险志士时，他们所谈到的准备

2007年洪水过后,修复渣滓洞监狱时发现烈士遗物的现场(1)

2007年洪水过后,修复渣滓洞监狱时发现烈士遗物的现场(2)

2007年洪水过后,修复渣滓洞监狱时发现烈士遗物的现场(3)

2007年洪水过后,修复渣滓洞监狱时发现烈士遗物的现场(4)

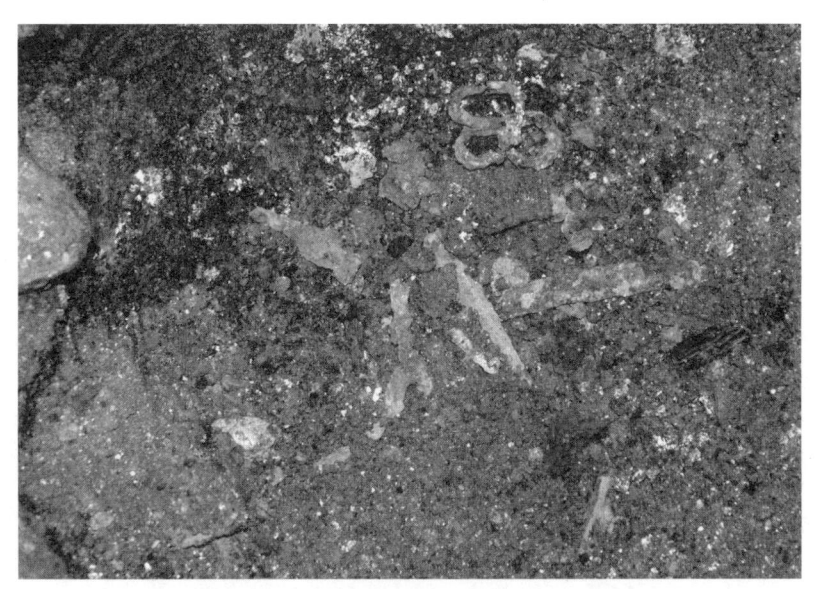

2007年洪水过后,修复渣滓洞监狱时发现的烈士遗物(1)

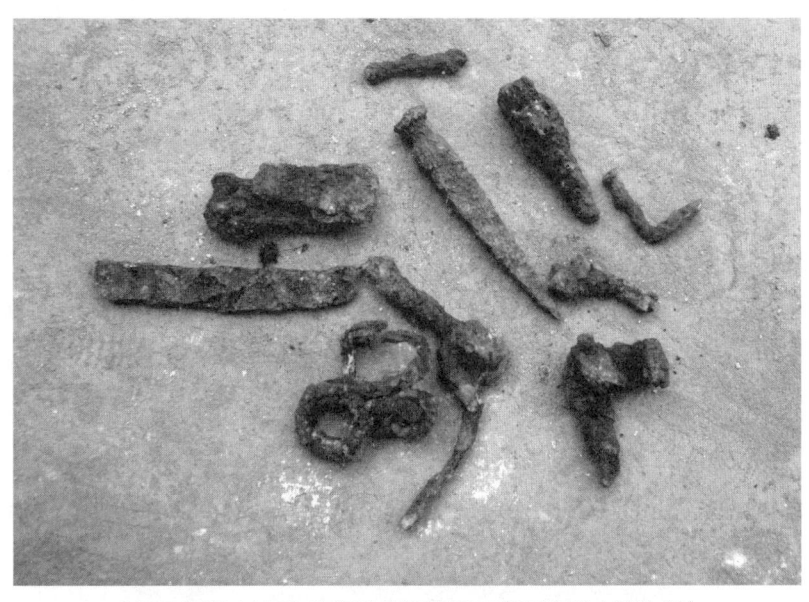

2007年洪水过后,修复渣滓洞监狱时发现的烈士遗物(2)

越狱的工具。曾经在渣滓洞监狱与江竹筠一起被关押过,大屠杀时脱险的盛国玉说:"当时狱外组织要求我们,营救的时候你们要先把自己脚铐、手铐想办法打开,否则拖着脚跑起来难啊。所以我们在放风的时候,轮流在厕所里的木板板上抠钉子,在过道柱子上去找铁的东西。要取出一根钉子和找到一个铁棍棍要好几回、好几个人去干,有的手都抠出了血……。我们牢房找到的东西,就在江竹筠的床下挖了个坑坑,装在尿壶里面埋起来,弄些浮土盖到,取的时候方便……"[1]

这些物证,可以看出革命志士当年的那种求生欲望,他们不想死,他们想活着出去建设新中国。但是,为了捍卫自己的信仰,他们选择了去死!

盛国玉,1944年在垫江师范附小毕业后,到大石乡教书,两年后在县第一小学教书。1947年与地下党员余梓成结婚后,开始从事地下秘密活动。1948年由于垫江地下党组织被国民党西南长官公署第二处驻垫江侦防组破坏,不幸与傅伯雍一起被捕。1949年11月27日,国民党特务屠杀革命志士后,放火焚烧渣滓洞监狱,只有15个人从大火中逃生脱险成功。谈到江竹筠,老人激动地说:"烈士们流了血,啥子都没有享受到,同江姐比起来,我今天实在是太好了。我一直想写一篇文章纪念他们,但是眼睛看不清楚了,文化又不高,表达不出好的语言。"[2]

傅伯雍,1947年8月在垫江女中任教时入党,主要做了掩护地下党人员和筹集经费支援武装斗争的工作。1948年11月被国民党特务机关逮捕。他回忆狱中的江竹筠:"……她一进渣滓洞就被刑讯,我们都担心她承受不了。老彭惨死、孩子又小,她经常伤心流泪。我们大家都关注她能够挺住吗?直到她被拖回了牢房,大家的担心才被她

---

[1] 采访脱险志士——盛国玉。
[2] 采访脱险志士——盛国玉。

江竹筠 8 月从狱中托人带给谭竹安的信

的勇敢行为所打消。于是大家发起慰问。她,又一次鼓舞了我们!特别是老彭的殉难日,我们决定停止一切娱乐活动。但是,她却坚强地走出牢房,要大家欢乐地庆祝胜利日的即将来临,她的行为太使人崇敬。我们写纸条给她:严刑拷问,并没有能使你屈服。我们深深知道,一切毒刑只有对那些懦夫和软弱的人,才会有效;对于一个真正的共产党员,它是不会起任何作用的。"①

看守黄茂才回忆:"江竹筠被捕入狱是1948年6月份,报监后就关押在楼上第四室,单独一人。当时表现很自然,毫不畏惧,进监时她手提白布帕包裹,上身穿浅蓝色长旗袍,脚上穿高跟皮鞋。她身材矮小,很爱清洁,一进四室就把里边打扫得干干净净。没有几天就把她合并进女室。"黄茂才所写的《渣滓洞监狱》中记录了江竹筠、曾紫霞对他的策反②:

> 1948年6月江竹筠被押送到渣滓洞监狱来关押,在填写入狱登记表时看见她是自贡市大山铺人,与我都是自贡市人,相隔不远,还是家乡人。……后来曾紫霞就跟江竹筠说我的情况,同时也是自贡市人,因此以后她常同曾紫霞同我接触摆谈,有时还谈到家乡关系,从此我们接触往来就更密切,谈话也随便,任何人也不过问。由于我是管理员身份,可以入牢房查监,这样我们谈话机会很多。有一天,我入女牢了解她们生活情况,曾紫霞、江竹筠就围拢来谈话。江竹筠说:我据曾紫霞介绍你家里情况和目前处境,我们都很同情你。(我说)哎呀,你们还同情我,说实话我现在比你们好得多嘛,比你们自由得多嘛!应该说是我同情你们,为什么年轻轻来坐牢。(江说)黄先生,既然你同情我们,以后

---

① 采访脱险志士——傅伯雍。
② 黄茂才材料。

有什么事还望你多多关照。我说有什么事尽管找我，你我都是家乡人。没有相隔好久，我午后6点钟入女牢接班点名，江竹筠看没有其他人，顺手放一张纸条在我衣服包里，我回寝室看，她写道：黄先生，你还年轻，不懂，共产党革命目的就是反对地主压迫剥削农民，反对资本家压迫剥削工人，使他们能当家作主，现在得到广大工人、农民和爱国知识分子拥护，根据往后发展，民心所向，资本主义灭亡，是必然规律，望你多学习。我从她对我的启发，结合我出生佃农家庭，亲身经历过地主老板对我一生难忘的一件恨事：我还在读书时代，父亲因劳累过度去世，祖父带我去跟老板娘拜孝，哀求她讨块地安葬我父亲，得到的不是同情怜悯之心，反而恶意说我的地方哪里会答应你埋人呢！多次求她开恩，总是不答应，迫使我们向邻居买块地才安埋我父亲。回忆起这段心痛事，就激起我思潮，大大启发我觉悟，我决心要弃暗投明，……选择这条路是我唯一出路。从此我更同情，更关心他们，凡是我当班值日那天，只要在可能条件下，我尽量维护他们，掩护他们，放风规定15分钟，而我就可放到20或30分钟，眼看他们传递条子也不管。

在江姐她们的教育帮助下，黄茂才转变了。经过试探性地让他送信出去和送信回来，狱中正式决定，开始利用黄茂才为狱内外党组织传递消息。就这样，狱内外党组织的联系通道终于形成了。

通过看守黄茂才，狱外党组织为狱中送去了学习材料，使狱中的同志感觉到了党的温暖；而狱中同志送出了特务看守人数、武装警卫部署情况，又为狱外党组织开始制订秘密营救方案提供了第一手材料。同时，狱中也按照里应外合的要求，开始为营救时能够把铁镣、脚铐打开而秘密寻找铁钉、铁器的工作。渣滓洞的所有政治犯利用放风将铁门闩等坚硬器物悄悄地拔出带回牢房。为了防止监狱突击检查，难友们在牢房床下挖坑，将铁器埋了进去。

黄茂才还专门为江姐送去了家人为她送来的儿子彭云的照片，这给江姐在狱中战胜情感痛苦带来了极大的精神慰藉。

重庆解放前夕，国民党耍弄求和谈判阴谋时，黄茂才还带出了狱中难友提出的"必须保证在押政治犯绝对安全"的意见。

罗广斌在《关于重庆组织破坏经过和狱中情形的报告》中记载江竹筠："江竹筠受刑昏死三次，杨虞裳失明月余，李青林腿折残废，是每个被捕的同志所共同景仰的。江曾说过：'毒刑拷打是太小的考验。'在被捕同志们当中起了很大的教育作用。"[1]

江竹筠被捕入狱的时候，在狱中被关押八个月的重庆区委书记李文祥主动要求投敌叛变。他受不了狱中的煎熬，恐惧生命的毁灭，认为活着总比死了好。因此这个不曾在刑法下变节的人，不顾同志们的强烈劝阻和压制，无论如何要去投降叛变，以求生存。当时，狱中同志非常气愤而且有所沮丧，"最后能坚持的一个领导干部也叛变了"。大家的情绪非常低落，甚至有的消沉。但是，大家都担心要出事的江竹筠在遭受酷刑折磨后并没有屈服，反而敢于斗争，她的事迹一下子扭转了渣滓洞监狱的气氛。被关押者从她的身上看到了一种力量！

我们再看一下叛徒冉益智在解放后交代材料中的记录[2]：

> 特务"法官"张界曾告诉他：江竹筠被用筷子夹手指头就昏死过去了，要用凉水喷醒，再夹，又昏死，后来张界想出个办法，用筷子夹她的指头时，慢慢加劲，到了她快痛昏死时就松开，然后又加劲……如此反复折磨江竹筠，但她仍不肯讲什么。彭咏梧，江竹筠的爱人，地下党川东临时工作

---

[1] 罗广斌：《关于重庆组织破坏经过和狱中情形的报告》第三部分。
[2] 特务叛徒交代材料——冉益智。

委员会委员兼下川东工作委员会副书记，已于1947年冬在下川东武装斗争中牺牲死了，江竹筠也是死了心了，什么也不肯讲。

我们再看国民党军法处的法官张界交代材料当中记载①：

一天上午，徐远举在他的办公室，把江竹筠提来侦讯，江竹筠着的布衣布鞋，态度非常镇静……

徐问：在万县担任什么工作，领导那些人，有多少武器弹药？

江答：我没有担任什么工作，也没有领导过人，武器不知道。

徐问：你已被捕了，你的情况我完全清楚……你是一个妇女，起不到什么大作用，只要把组织交出来是可以给你自新的……

江答：我有啥子组织不组织，万县地痞流氓多得很，他们是在整我，胡说八道，我没有组织，谁给我领导？我是一个妇女，也不懂打仗，根本不知道有什么武器弹药。

徐：冉益智你知道么？他已经自新了，并且参加我们的工作，你只要把组织说清楚了同样是可以自新的，愿意参加我们的工作也是可以的。

江：啥子自新？我根本就不懂。他们自新关我啥子事，我认不得什么冉益智不冉益智，我没有组织，这是他打胡乱说。

徐：今天不交组织，就不行，一定要你交组织，你交不交？

---

① 特务叛徒交代材料——张界。

江：有组织没有组织是我的事，你们可以逮捕我，但不可叫我交组织。什么是不交不行，不行又怎么样，不行还是不行，我说你们今天一定要放我，不放不行，行不行还不是同样的不行，那为什么你就非要我交组织不可呢？老实告诉你，我没有组织，任凭你怎么样。

徐：你在下川东一带干些什么和那些人在一道干的？你的领导是那些人，把他们的姓名、住址一一交出来！

江：我问你，你为什么逮捕我，我为什么要向你交组织，你为什么不向我交组织？我的领导人有，就是全中国的人民，你去逮捕吧！我在下川东革命，我领导的人是穷苦的劳动人民，你们的户口册子都有。

国民党的少将处长徐远举和国民党的军法官张界解放后都被我们人民解放军逮捕，而徐远举先就关在白公馆监狱。共产党对他们这些人制定了"不审、不判、不杀"的政策，徐远举感受对比颇为强烈。在他被转囚到北京功德林看守所后，写下了十几万字《血手染红岩》的交代材料。

其中，徐远举交代[①]：

我对中共党员的严刑审讯有三套恶毒的手段：1. 重刑，2. 讹诈，3. 诱降。利用他们不堪严刑拷打，利用他们贪生的心理，利用他们的家庭观念，利用他们身上的弱点，用各种威胁利诱和欺骗讹诈来诱惑，以动摇他们的革命意志。如说，你的上级将你出卖了，你不说不行……。施以种种欺骗诱惑，以及生与死的威胁。我认为只要他们说一个字，松一

[①] 公安档案馆编注：《血手染红岩——徐远举罪行实录》，群众出版社1991年版，第23页。

句口，就有办法。

国民党特务的手段不可谓不恶毒，分析也是那么合于常理。在江竹筠身上，这三种手段，敌人都用到了，而且她身上的弱点和她的家庭情况，徐远举也抓得很准，但为什么依然不能奏效呢？因为，徐远举的错误在于：他的这种特务逻辑，在信念坚定的共产党人面前，是完全行不通的！

徐远举不甘心失败，他做梦都想着从江竹筠身上扩大战果。于是当天下午，他命令特务继续对江竹筠审讯，一定要撬开她的嘴，挖出下川东游击队的组织情况。但是，从一点到四点，特务始终没有从江竹筠嘴里得到任何一点他们想要的情况。

一天两次动刑，毫无收获。面对江竹筠的坚贞不屈，国民党特务非常沮丧，我们来看看国民党军法官张界的无奈[①]：

> 一天我和余海文一道到了渣滓洞，对江烈士进行侦讯迫害，江烈士很镇静，毫不畏惧，我问她最近有些什么想法，组织没有交，肯定是还要问你的，你不交，又要用刑……。她说：我一点没有考虑，这些事有什么可考虑的呢？我没有可说的！随你们，用刑也随你们，杀我也随你们。我问你在万县做什么事，怎么逮捕你的……？江烈士说：我是在万县地方法院当书记的，逮捕我的时候，也不知什么事……刑的痛苦我已受够了，我的手到现在都是痛的，你们要杀我就快一点，不要这样的来迫害人，有什么用处呢？……我实在是对她没有办法了……！

---

① 特务叛徒交代材料——张界。

恰好相反的是，敌人的绝望和沉闷，带给整个渣滓洞监狱难友们的却是希望和感动。狱中的沉闷空气散开了，取而代之的是难友们重新燃起的坚持斗争、保持气节的信念。

渣滓洞难友们对江竹筠这种机智勇敢坚强而不可摧毁的革命意志深为敬佩，于是集体对她发起了慰问活动。他们有的靠着牢房门口挥拳致意，有的双拳紧握牢门晃动。当时，最多的慰问方式就是用一些纸条写称赞、鼓励的话语，其中，渣滓洞男牢房何雪松代表难友创作了一首诗赞美江竹筠的革命意志，慰问诗中写道："你是丹娘的化身，你是苏菲亚的精灵。不，你就是你，你是中华儿女革命的典型！"诗歌把江竹筠比作苏联卫国战争时期的女英雄丹娘和沙俄时期反抗强暴的苏菲亚，对江竹筠顽强不屈的意志给予由衷的赞扬。躺在牢里听着难友读着慰问信和这样的诗句，江竹筠心里得到巨大的安慰。但是敌人不肯罢休，仅仅是两天后，法官张界第三次对她进行审讯。这次，特务一上来就用竹筷子夹住她的双手，要她说出组织关系。双手已经严重受伤的江竹筠咬紧牙关，拒绝回答一切提问，特务甚至还用卑鄙下流的语言刺激她，逼她招供，江竹筠却抱着一个主意：打死不说一个字！特务一次次拉紧了竹筷子，直到她又昏死过去，仍然没能从她嘴里得到一个字。

敌人的失败，就是革命者的胜利。

当江竹筠受完刑被拖回牢房时，所有的难友都挤到门口，呼喊口号、唱歌以示敬意。这时，不知哪一个牢房喊了一声"江姐"，从此，"江姐"就成了大家，也是今天的后人们对江竹筠的一个尊称，因为，她确实让人肃然起敬。

罗广斌在他《关于重庆组织破坏经过和狱中情形的报告》中写道[1]：

---

[1] 罗广斌：《关于重庆组织破坏经过和狱中情形的报告》第三部分。

1949年1月16日，是彭咏梧同志死难的周年纪念日，为了鼓舞士气，渣滓洞的全体难友决定举行纪念活动，以缅怀这位为党的事业忠贞不屈、肝脑涂地、壮烈牺牲的战士。难友这一天停止了一切娱乐活动，一封封安慰信秘密地送到了江竹筠的女牢，一首首化悲痛为力量，乾坤不扭转牢底必坐穿的豪情诗歌送到了江竹筠的手中。江竹筠哭了，她的热泪如泉涌，在这铁窗黑牢里，她享受到了人间的真情。她对同室的难友说："我的丈夫，同志，战友，是被敌人打死而割下首级的，今天来纪念他，愿与大家继续努力，来完成我们的最后任务……"

……毒刑、拷打是太小的考验，算不了什么。当天，她起草了一份学习讨论的大纲，希望渣滓洞全体难友进行讨论和自我总结。这份讨论大纲的主要内容有三个部分，1.被捕前的总结，2.被捕时的案情应付，3.狱中学习的情形。每项有详细的提纲，后来各室分别酌量进行了讨论。不久，蒋引退，局势好转，各室的学习便展开了。

江竹筠知道自己不可能在狱中有多少生存时间，当曾紫霞出狱的时候，江竹筠托曾紫霞带出了一封信，对自己的儿子做出了这样的交代[①]：

竹安弟：

……假如不幸的话，云儿就送给你们了，盼教以踏着父母的足迹，以建设新中国为志，为共产主义革命事业奋斗到底！孩子们决不要娇养，粗茶淡饭足矣！么姐是否仍在重

---

① 江竹筠档案，A23。

庆？若在，云儿可以不必送托儿所，可节省一笔费用，你以为如何？就这样吧，愿我们早日见面。握别。愿你们都健康！

这封由竹筷子磨成的笔，棉絮烧成的灰兑水成墨，写在泛黄的毛边纸上的信，成了江竹筠生命里最后一封家书。这封家书表达了她对孩子的思念和殷切的希望，读来感人至深，催人泪下。

徐远举在《血手染红岩》材料中交代①：

> 1949年8月，蒋介石偕毛人凤到重庆布置屠杀。毛人凤分别向张群、杨森、王陵基及卢汉将军传达了台湾的决定，谓："过去因杀人太少，以致造成整个失败的局面。"又谓："对共产党人一分宽容，就是对自己一分残酷。"饬令军统西南特务机关立即清理积案。

在歌乐山业务资料B—144中有徐远举、周养浩关于在电台岚垭屠杀江竹筠等30多名革命志士的一段交代：

> 10月底，徐匪又派雷天元及渣滓洞看守所长李磊，行动组长熊祥等将决定秘密杀害的32名烈士以转移地点为名骗离渣滓洞监房，分别捆绑押赴"中美合作所电台岚垭"，由刽子手熊祥、徐贵林、王少山等七八人用卡宾枪分别射杀，刑场外围由中美交警大队及伪西南长官公署警卫连严密警戒，在屠杀前台湾方面曾指示将屠杀烈士情况摄成照片送往备查。

---

① 公安部档案馆编注：《血手染红岩——徐远举罪行实录》，群众出版社1991年版，第66页。

这是当时国民党屠杀革命志士的请赏书：

一、奉令密裁匪谍案，遵奉准预定计划于本（卅八）年十一月十四日执行完竣。

二、依从前签第五项六款，"于任务完毕后另核给奖金"一节，并本准在案，谨将办理该案人员分列于后：

1. 主办人员六员。（雷天元、李磊、张界、熊祥、漆玉麟、龙学渊等同志）

2. 执行人员十员。（警卫组组员四人，行动组组员六人）

3. 押解警卫军士廿名。[由抓（渣）滓洞至转运站至南（岚）垭全长五里徒步]

4. 挖坑掩埋军士十名。（在刑场工作四天）

三、上列各员拟请分别核给奖金若干，以示激励。

四、拟将办理情形签呈毛先生校阅（附稿）

当否乞

核示

为屠杀江竹筠等革命志士，国民党特务制定了详细的计划。在歌乐山烈士陵园的档案 B—10 中有一份国民党西南特区关于在电台岚垭屠杀 30 名 "政治犯" 的密件：

奉令密裁匪谍三十名一案，遵照指示会同二处二课课（科）长雷天元同志、警卫组组长漆玉麟同志、第二看守所所长李磊同志、本区行动组组长熊祥同志等，研究商讨乃于本（十一）月七日先赴造时场实地勘察并即研究执行技术问题，谨将研商结果与意见分陈（呈）于后：

一、执行主官拟由本区二处二科、科长共同负责主持。

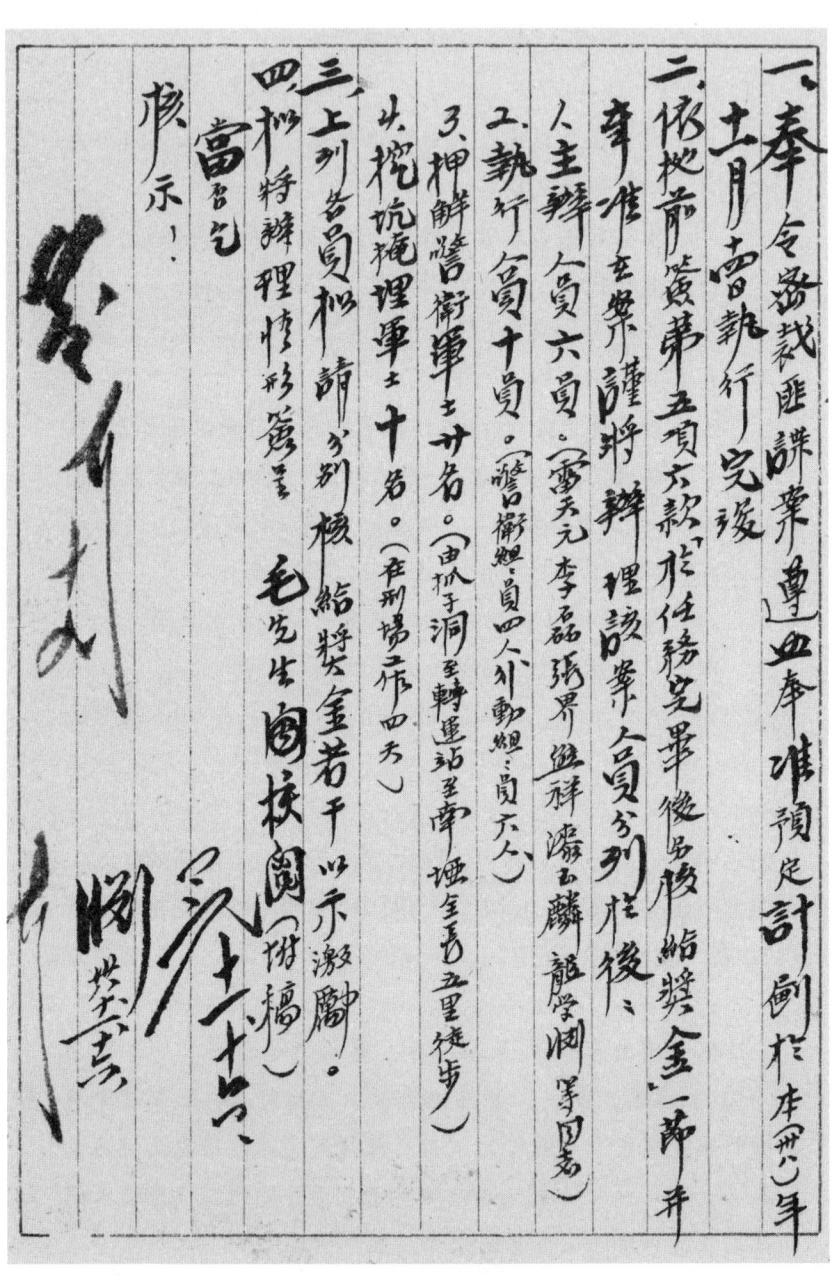

一、奉令密裁匪諜案遵即奉准預定計劃於本(卅八)年十一月會執行完竣

二、依照前簽第五項辦款於任務完畢後各給給獎金一節并奉准在案謹將辦理該案人員分列於後

　　1.主辦人員六員。(雲天元 李磊 張界遲 祥瀠玉麟 龍學淵等四名)

　　2.執行員十員。(警衛組員四人外勤組員六人)

　　3.押解警衛軍士廿名。(由抓子洞至轉運站至南岸至五里徒步)

　　4.挖坑掩埋軍士十名。(在刑場作四天)

三、上列各員擬請分別核給獎金若干以示激勵。

四、擬擬辨理情形簽呈

　　富呈

　　毛先生 周校長(附稿)

核示！

徐[簽名] 十一月十六日

周養吾[簽名]

二、执行地点经实地勘察结果拟以造时场山后南垭（即前本局电信总台）为最适宜，该地区无人居住，仅有卫兵二人，事前可先调离，由挖坑组人员驻守，以保机密。

三、执行工具拟用手枪予以击毙。

四、执行时间拟于挖坑工作完成后之次日开始执行。为便利拍照起见仍以白天执行为宜。

五、执行布置与准备：

1. 拟设挖坑组，由警卫组派警卫六名，本区派警卫二名，以出公差名义携带行李，事前不告知其任务与地点，由熊组长祥偕事务员易大清率领，赴指定地点开始掘坑工作。在工作期与外界隔离，食宿由区负担，膳食由易大清同志负责办理（购炭米自办）。挖坑三个，每个一方丈宽，二丈深，预计二日至三日完成。

2. 拟设执行组，派熊祥组长负责，以本区行动组六人、警卫组二人担任执行。

3. 摄影工作拟由张法官界担任，为免照坏慎重起见，借备相机两部，并购备胶片，每机对匪尸连拍两次，以免冲洗不清之虞。

4. 拟分三批执行，以十人为一批，于一日内完成密裁任务。

5. 拟请发购置挖坑工具、相机、胶片、膳食等费用五百元，并拨卡车壹辆，事后报销。

6. 拟于工作毕后，会同二处签请核给奖金。

六、执行步骤，拟以新设立第三看守所名义将第二看守所移解三所藉以掩护，免在押人犯骚动，于提解时，由张法官界、李所长磊讯明正身制作笔录并签名后提至刑场枪毙，并由主官莅场验明无讹，于尸身标识姓名摄成照片后由掘坑组掩埋，又于执行时其警戒由挖坑组担任，掩埋时由执行组担任警戒,事毕报备。

七、执行时之受刑名单由二处二课(科)造册办理。

八、拟执行时地报台局备查,执行完毕检具照片名册报台局核备。

……

1949年11月14日晚,特务们突然对着女牢喊:"0384号收拾行李,转移地方。"0384号,就是江竹筠——小说《红岩》中江雪琴江姐的囚徒编号。大家知道,敌人所讲的"转移",实际就是下毒手的惯用说法。为了麻痹政治犯,敌人往往还故意煞有介事地打招呼"都把自己的东西带好,不要忘记了"。

这一天,一群武装特务突然出现在女牢门口,高声叫着江竹筠、李青林等人的囚徒号码,要她们赶快收拾行李。江竹筠、李青林等人以转移为名被押出渣滓洞监狱。江竹筠换了一身干净的衣服,她劝慰难友不要哭,从容地走出牢房,挥手向男牢的难友们微笑地告别。她知道,最后的时刻到了,为自己的信仰献身的时刻到了。虽然自己没有看到胜利,但是,新中国早在一个月前就在北京宣告成立了,敌人的举动恰好说明,重庆解放已是指日可待。她把自己的东西全部送给了难友,唯一带走的就是儿子彭云的照片。

她轻轻地亲吻了一下照片上的云儿,然后脱下囚衣,把照片放进贴胸的口袋,穿上自己的蓝色阴丹士林布旗袍,再罩上自己的红色毛衣,梳好头发,以这样从容而美丽的姿态走向牢门,走向了一个年轻生命的尽头,也走向了一个伟大灵魂的永恒和不朽。

江竹筠和难友们一一告别。难友们知道,江姐这一去就再也不会回来了,她们哭了。江竹筠轻轻拂去她们眼角的泪水,微笑着点头,昂首跨出牢门。她还搀扶着受刑断腿的李青林,往外走去。听到哭声,两人又回头向站在门口凝望的难友挥手告别。

極機密
急件

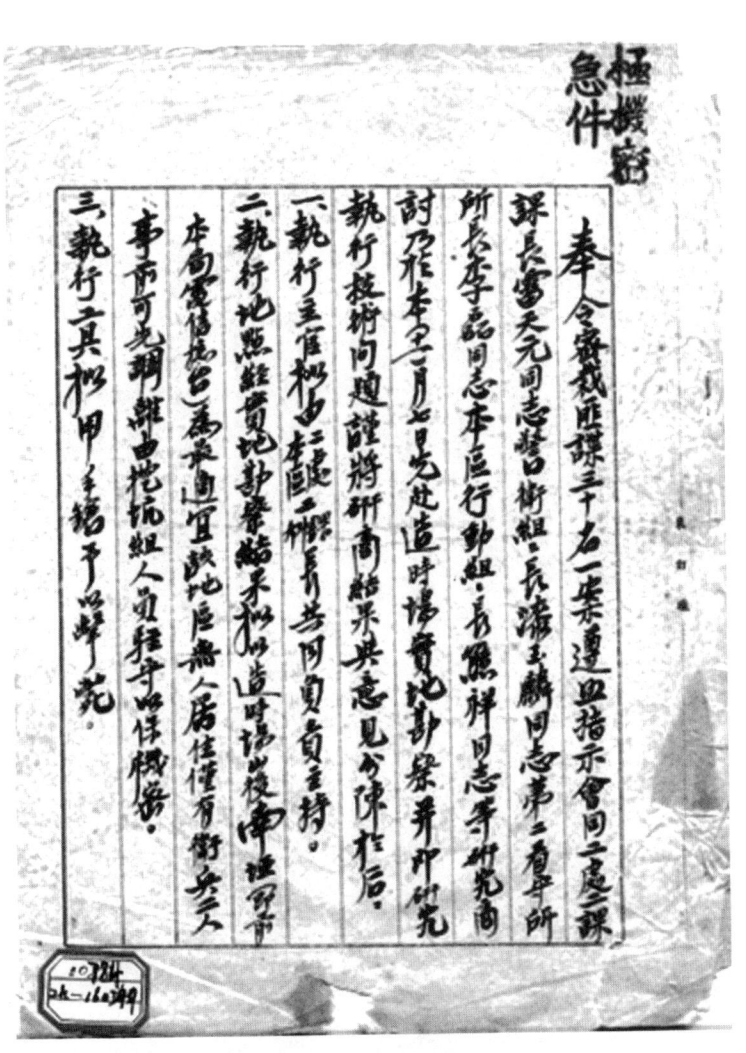

奉令實施匪諜三十六名一案遵照指示會同二處三課課長雷天元同志警務處甘衛組、長瀧主麟同志第二督察所所長李子靏同志本匪行動組、徐照祥同志等研究商討乃於本月七日先趕至場貴地勘察并研究執行技術同遵謹將研商結果其意見分陳於后。

一、執行主管：秘密主辦，二處負責主持。

二、執行地點雞貴地勘察結果秘匿時場貴地後、南運路上、查信橋已為來往宜赴地區無人居住僅有衛兵三人本行可先調離再由挖坑埋人員堅守以便機勢。

三、執行工具：松甲手槍予以消聲。

屠杀江竹筠等烈士的计划书(1)

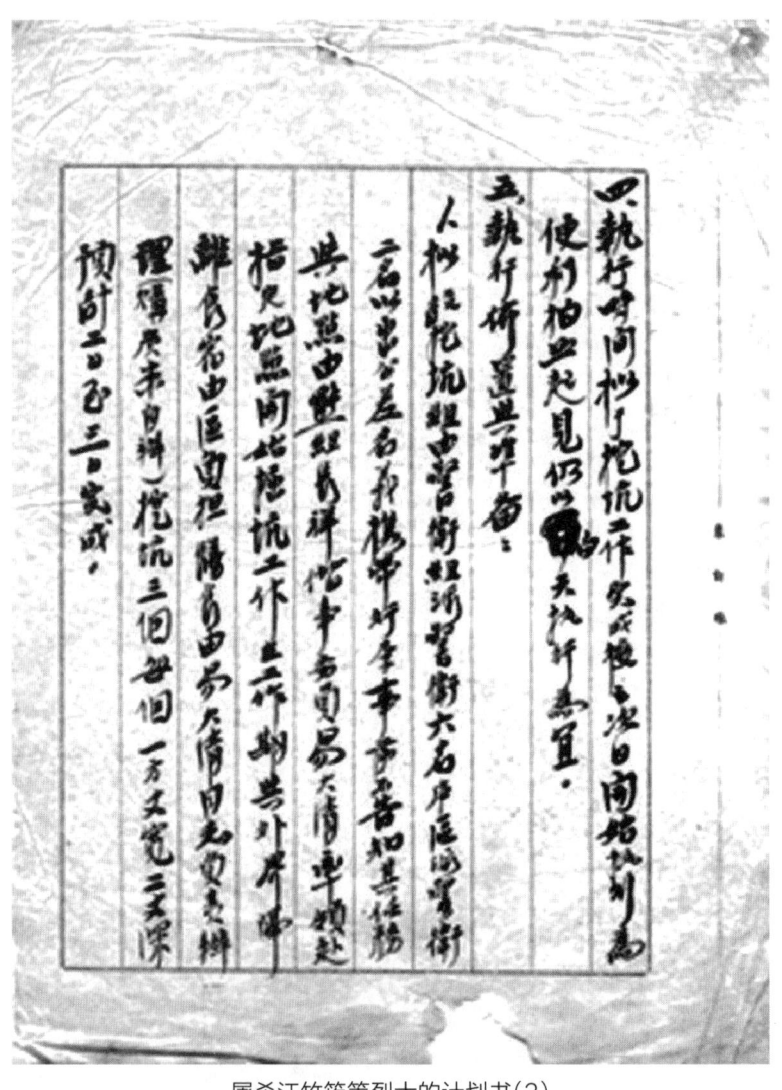

四、执行时间炸坑工作完成后次日南路识别后便利相生起见仍以天泥行去宜。
五、执行所需费用：
人炒红笼坑理由曾曰警街六名严区公警街二名业分布右摆位车奔车市喜加其便旗其他燕山难辺多样依中命同昜天情军领起搭足也燕同地隐抗工作期共外举街雕食爷由区担膳负由务天情甲公费处理肆尽来自筹）挖坑三口每但一万又笼三买深
预计二日至三日完成。

屠杀江竹筠等烈士的计划书(2)

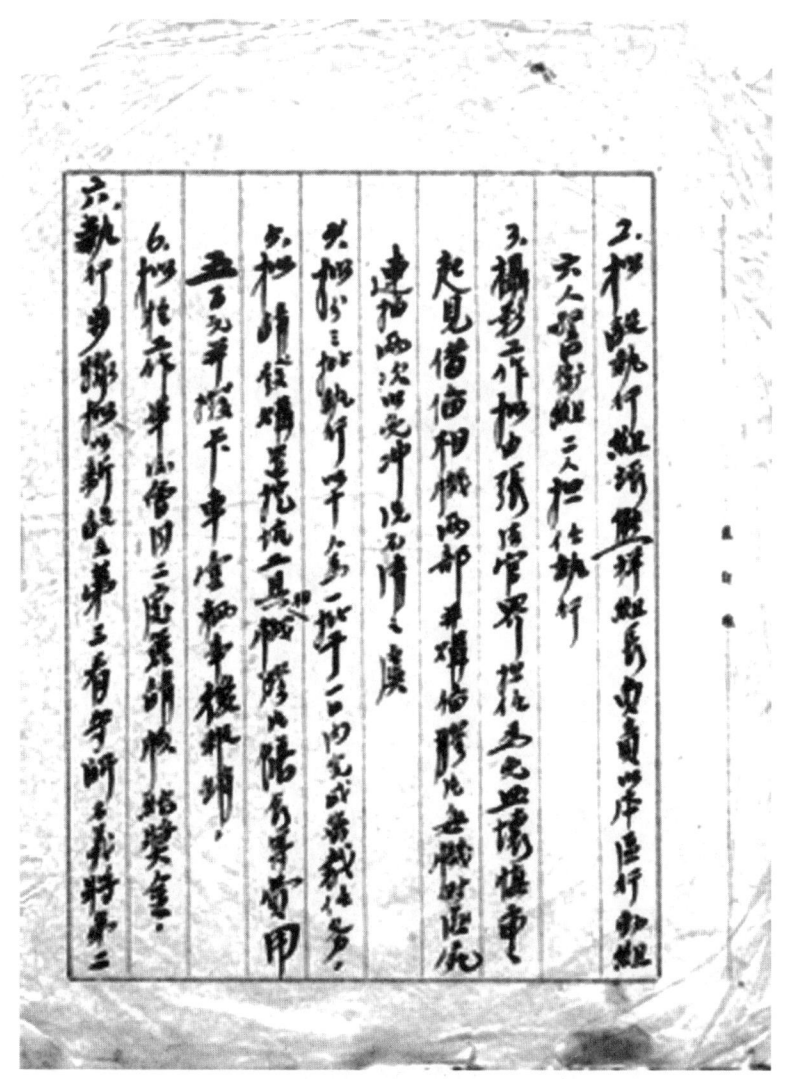

屠杀江竹筠等烈士的计划书(3)

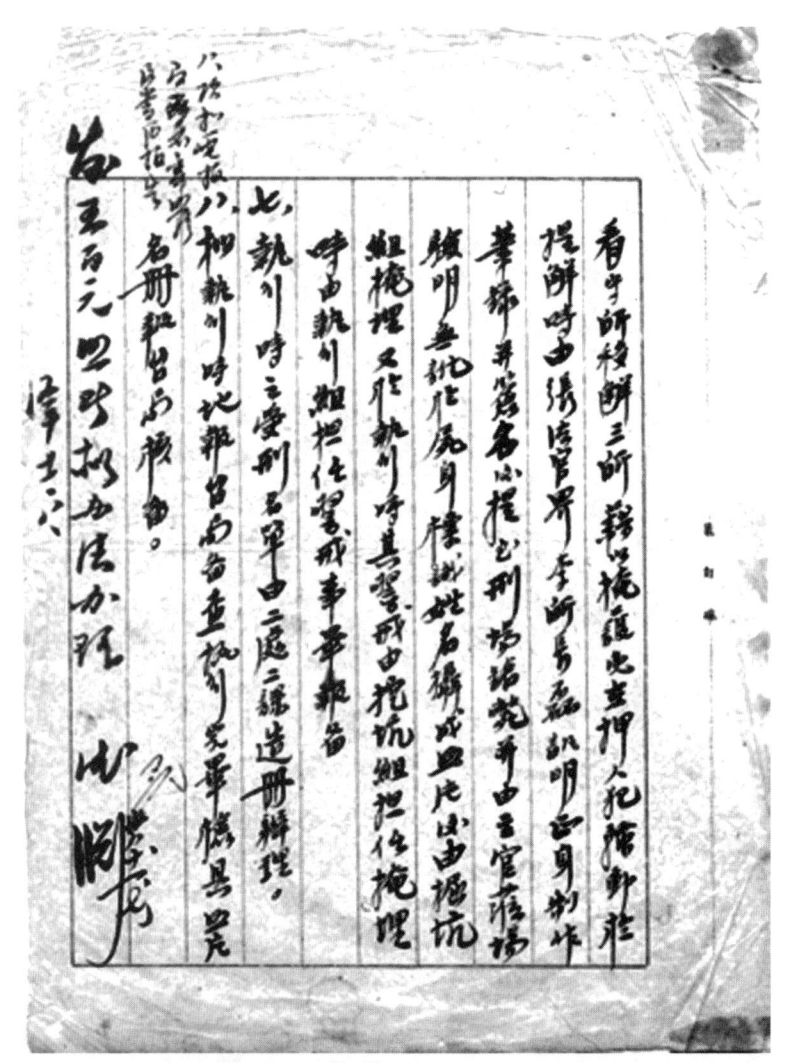

屠杀江竹筠等烈士的计划书(4)

在电台岚垭刑场，江竹筠环视四周的松林，远眺高高的青天，她深深地吸了一口气，眼泪止不住从她的眼里流了出来！她就闭上了双眼，她想到了老彭，她仿佛看到了她的儿子在红旗下成长，她……罪恶的枪声响了，江竹筠倒在了血泊之中，鲜血染红了她身边的小花。

国民党军法处法官张界解放后的交代材料中记录了江竹筠在刑场上的情况[①]：

> ……徐匪远举制定了杀人计划，要我去拍照，当匪特将江烈士押上山坡，江烈士看出了反动派即将杀害他们的阴谋，便高呼"中国共产党万岁！""打倒反动派！"……的壮烈口号。刽子手听她喊口号，十分惊恐，不到指定的地方，枪都响起来……

她，爱她的儿子，爱她的丈夫，她渴望有一个温馨、安定的小家庭。但她也忠诚和热爱为大多数人谋幸福的共产主义壮丽事业，她无怨无悔地为自己追求的事业抛弃个人的一切，以极大的精神力量去战胜内心里的那种情感的眷念和痛苦，勇敢地面对死亡而"面不改色心不跳，就像回家一样"！

这样的情怀，值得我们永远景仰，也永远珍藏！

江竹筠在给家人写的书信中表达了对丈夫的思念：

> "活人可以在活人的心里死去，死人可以在活人的心中活着"，你觉得是吗？所以他是活着的，而且永远的在我的心里。

---

① 特务叛徒交代材料——张界。

就像彭咏梧永远活在江姐心中一样，江姐也永远活在人们的心中，成为共和国永不褪色、耀眼的红色记忆！

在红岩英烈中，有很多像江竹筠这样的人。在真理与邪恶之间，他们选择了真理；在生与死之间，他们选择了死；不为利禄所诱惑，不为酷刑所屈服，高度的气节建立在高度的理性之上；他们有七情六欲，他们也是血肉之躯，他们大多是风华正茂的青年人，他们渴望爱情的温馨，他们有着自己爱好的天地，他们热爱生活，向往自由；但是，他们更懂得人活着的意义！为了免除下一代的苦难，他们抛弃了一切而义无反顾；为了人民，为了理想，为了真理，在烈火与热血中，他们像"夸父逐日"直至死去！他们的躯体倒下了，他们的人生价值却获得了最充分的展现。

习近平总书记指出："解放战争时期，众多被关押在渣滓洞、白公馆的中国共产党人，经受住种种酷刑折磨，不折不挠、宁死不屈，为中国人民解放事业献出了宝贵的生命，凝结成'红岩精神'。"红岩精神中最重要的就是坚如磐石的理想信念。人只有献身社会，才能找出短暂而又永恒的生命意义，这也是红岩英烈们用生命铸就的伟大人生实践。红岩精神已成为了中国历史文化传统和优秀的人文精神的一部分。

这种历史文化传统和优秀的人文精神积淀一直推动着中华民族不断地探索前进。

我曾讲过2000多场红岩魂《信仰的力量》《忠诚与背叛》的报告，报告会后听众与我讨论最多的就是："今天的人不可能像他们那样敢于去献出生命！""现在的人难有他们那样的信仰！"当前社会有不少人认同这种观点，但是，庚子年的一只"黑天鹅"，彻底搅乱了中国人上百年来的传统喜庆，"新冠肺炎"威胁中国人的生命！一个震惊世界的动作就是：国家一声动员：4万多名医生连夜奔赴武汉，一省包一市，全国所有医疗物资和设备向湖北集结！一个号召：14亿国人春节不出门，不计得失也不添乱！一份责任：数百台挖掘机同时上阵，10天建成了火神山医院，12天建成了雷神山医院，很多工人不要工资就走了！

当时许多医院领导、科室主任大多都是在与家人团聚，突然接到电话去参加紧急会议。在返回医院途中就迅速通知能够回来的立即在医院集结，要去武汉抗疫。所有回来的人都写了上前线的申请书，最后规定党员先上。虽然有紧张，不知前面会是怎样，但没有胆怯，没有人去想生死问题，没有考虑有什么危险。传统文化思想道德中的生命至上，驱使着医生护士的良知行动，国家利益至上激发着每个专业人士的使命感积极投身到战疫前线去。

新冠肺炎疫情犹如一场风暴席卷而来，让人猝不及防，它追问生死，也拷问人心。面对这场没有硝烟的战争，中国人民在灾难面前表现出高度的自觉性和服从性，令世人震撼。这种高度自觉的背后所体现的是中国人民在民族大义面前所作出的正确选择，体现的是"天下兴亡，匹夫有责"的家国情怀。对广大共产党员而言，抗击新冠肺炎疫情就是要担负起党和人民赋予的责任，实现当初入党宣誓时的承诺，做到对党和人民的绝对忠诚。

什么是绝对的忠诚？个人服从组织、下级服从上级、全党服从中央。共产党员是置国家民族利益于个人之上的先进分子，在庄严宣誓那一刻起，"绝对忠诚"就镌刻于心。

红军时期的"永不叛党！"

抗日战争时期的"为共产主义事业奋斗到底！"

解放战争时期的"百折不挠永不叛党！"

新中国成立初期的"随时准备牺牲个人的一切，为全人类彻底解放奋斗终生！"

十二大以后的入党誓词"随时准备为党和人民牺牲一切，永不叛党"。

各个时期的入党誓词反映了时代的特征,但"永不叛党"是共产党员最基本也是最重要的要求,是绝对忠诚的集中体现,是共产党员对党作出的一生承诺。

六　临刑寄语
　　——狱中八条

1949年11月，歌乐山下，悲声壮绝！

从1949年10月1日新中国成立到11月27日被屠杀的最后五十七天的日子里，革命志士从大喜到大悲，从盼望出狱到面对死亡，从要死得其所到血与泪的嘱托，他们要用死亡捍卫生命的意义，他们要用生命表达自己的绝对忠诚。

生命的存在，死亡的出现，是客观存在的自然规律。

试图把生命个体的物质现象予以永恒的努力，在人类历史发展的过程中没有成功的记录。

生是物质运动的必然，死也是一种必然。

在死亡这个问题上，有的人不考虑它，也不存在恐惧，该干什么就干什么，该死的时候就死；

有的人害怕它，尽量地回避，很小心地过生活，保护自己，但最后也躲不了死亡的来临；

有的人把死看成是自己的终极，故十分看重生的作为和活的质量，死亡来时也无悔；

还有的人，对死却是有准备的，毫不畏惧，或者是主动的，白公馆、渣滓洞被关押的革命志士就是面对死亡，死得其所。

"五星红旗"、新中国成立！这一消息使狱中的难友们无比兴奋，他们梦寐以求的目标变成现实，多少人为之奋斗的目标今天终于实现，他们互相拥抱、在地上打滚，他们用铁镣、脚铐相互碰撞，发出清脆的声响，以表达对人民共和国成立的崇敬之情。胜利的来临使难友们暂时忘却了身陷囹圄，喜悦的心情使他们对未来产生许许多多的憧憬。每一个人都在猜想新社会的种种，每一个人都在想象新社会适合自己的工作，每一个人都在判断能够出狱的时间和方式……

白公馆的脱险志士郭德贤回忆说①：

  那一段时间，我们每一个人都很开心，每一个人都很高兴，有的说要出去当教师，有的说要出去当工人，也有的说要回家去种田……总之，那个时候已经开始在为个人的一些计划做考虑……

白公馆的脱险志士杜文博回忆说②：

  新中国成立的消息使那些特务、看守也不敢像平常那样对我们严加管束了，他们也在为自己的后路作打算，所以，我们有相对的自由了，我们在一起讨论最多的就是怎样被放出去，或是谈判移交或是集体释放，当然，我们也对敌人最后的疯狂有一定的准备，但更多的却是相信我们能够活着出去……

渣滓洞的脱险志士刘德彬回忆说③：

  那个时候，我们通过与狱外党组织的联系，知道了人民解放军解放大西南的一些情况，同时也发现看守所里的情况有些不对，搬东西、烧文件，一副要撤退的样子。新中国的消息传到牢房，我们是无比的欢呼，大家是敲碗敲盆子，甚至是高声呼叫，我们当时最大的希望是狱外党组织对我们的营救，也想过解放军打起来，把我们救出去，总之，对活着

---

① 采访脱险志士——郭德贤。
② 采访脱险志士——杜文博。
③ 采访脱险志士——刘德彬。

出去大家是很有信心的……

渣滓洞的脱险志士盛国玉回忆说[1]：

胜利的消息传来，我们拥抱，我们欢呼，出现了牢房里从来没有过的一种气氛，我也在想，我们终于可以解放了……！

狱中的难友根据报纸上和特务看守的嘴里获得的有限消息，仔细分析战况，计算着重庆还有多少时间解放；有的难友甚至还趁看守的不注意，跑到办公室收听新华社的广播，了解人民解放军进展的情况；难友们压抑不住心中的喜悦，对新中国有许许多多的想象，甚至对出狱也是抱有希望。从他们留下的一些只言片语中，我们可以感受到他们对生的渴望！但是在死亡面前，他们没有因向往胜利而转变立场、他们没有因新中国成立而放弃斗争，"绝不叛党"是他们不可动摇的信念。

新中国成立的消息传到渣滓洞、白公馆以后，难友们无限喜悦，为之奋斗的新中国终于成立，五星红旗高高飘扬！为表达对共和国成立的崇敬之情，狱中同志拆下一床红色的被面做了一面想象中的五星红旗，罗广斌还为此写诗一首：

我们有床红色的绣花被面，
把花拆掉吧，这里有剪刀。
拿黄纸剪成五颗明亮的星，贴在角上，
再找根竹竿，就是帐竿也罢！

---

[1] 采访脱险志士——盛国玉。

瞧呀，这是我们的旗帜！
鲜明的旗帜，猩红的旗帜，
我们用血换来的旗帜！
美丽吗？看我挥舞它吧！

别要性急，把它藏起来呀！
等解放大军来了那天，
从敌人的集中营里，我们举起大红旗，
洒着自由的眼泪，
一齐出去！

革命志士倾注自己的全部情感在监狱这个战场制作了五星红旗；革命志士多么盼望打着红旗去迎接解放！

可惜，这面红旗最终未能打出去①。

在国民党溃逃重庆之际，对关押在渣滓洞、白公馆的革命志士进行了惨绝人寰的屠杀！

屠杀从1949年9月开始，分批在进行。面对新中国成立而无限兴奋的革命志士感觉到了死亡的逼近。新中国的成立，使他们感到死得其所，无上荣光。但是，地下党组织被破坏造成的惨痛损失，又使他们无限地悲伤。

---

① 红旗做好后被难友们藏在了牢房的地板下。1949年11月27日，保密局下令对关押在白公馆、渣滓洞的革命者实行屠杀！解放后，在清理烈士遇难现场时，罗广斌回到牢房，从牢房地板下取出这面红旗。解放初期，这面红旗随着白公馆、渣滓洞革命烈士狱中斗争的事迹一同展览。在重庆展出以后，又被调到北京、天津、大连展出，后应首都观众的要求，再次回北京展出。后来，因为筹建国家博物馆，这批展品包括红旗、血衣等物品放在一个大缸中密封保存，当之后再次开缸时却发现全部物品已经霉变、破损。所以现在白公馆监狱展出的那面红旗，是根据脱险志士的回忆复制而成的。

党内今后还会出现像刘国定、冉益智等那样的叛徒吗？我们被捕不都是由于叛徒的出卖吗？

狱中同志明白：

胜利之日就是死亡的逼近！

狱中同志认为：

死亡无所谓，关键是要死得其所！

狱中同志坚持：

在任何情况下绝不玷污党的荣誉！

狱中同志提出：

要分析讨论总结地下党的经验教训，为执政了的党作参考！

在狱中，张国维①分析：

罗广斌的哥哥罗广文手握重兵，是固守四川、重庆的主

---

① 张国维（张文江），1939年加入中国共产党。1940年高中毕业后，赴重庆江北地区兵工署第五十工厂做工运工作，担任民建、蜀都中学教师。1942年考入四川大学经济系。1947年12月成立了由重庆市工委直接领导、以学运中心沙磁区为基地的沙磁学运特别支部，刘国鋕任特支书记，张国维任支委。1948年4月被国民党特务逮捕，关押在渣滓洞监狱。他曾领导过罗广斌从事学运工作。

力部队，受蒋介石倚重。罗广文本人与国民党特务头子徐远举又有私人交情。因此，罗广斌是被捕的人中最有可能活着出去的。

张文江告诉罗广斌：……以前在外面搞地下党，成天风风火火，一切听从组织的安排，领导怎么说就怎么干，对上边交办的事很少去想过"为什么"。这次进来了，也闲了，就常常回忆过去的工作经历，这才发现是有很多问题的，解放战争我军节节胜利，我们的农村武装斗争却搞一次败一次，大形势越来越好，而我们的直接面对的环境却越来越坏！我们秘密工作都要求单线联系，不准有横的联系，按理出几个叛徒不应该造成这么大的危害，可这次几乎是被一锅端了！你看现在渣滓洞，过去想见见不着的人，现在天天见着了，过去不想见的人，现在天天也在一起了，重庆地下党的各级领导和各个机关的干部大多到齐了！

江竹筠以她在领导机关工作的所见所闻深刻地提出：不要以为组织是万能的，我们的组织里还有许多缺点。崇拜上级，迷信组织，以为组织对任何事情都有办法，把组织理想化了，加上上级领导人，高高在上，不可捉摸，故意说大话，表示什么都知道，都有办法，更使下级干部依赖组织，削弱了独立作战的要求。我们要相信的，不是经常以组织的代表、组织的化身等面貌出现的领导人，而是组织的目标（这个目标是组织中个体的共同意愿），以及为实现这个目标而通过有效的组织形式和组织方法产生的巨大的组织力量。这个组织力量，远远大于组织内个体力量的简单相加；个体力量增强，组织力量则会增加；个体力量减弱，组织力量则会削弱；小部分个体力量的损失，会削弱组织的力量，却不足以摧毁组织的力量。因此，在狱中对她慰问时她就指出要从被捕前的情况、狱中问案情况和狱中学习情况三个方面认真讨论总结。

彭咏梧牺牲后，江竹筠压抑心中的悲痛，全身心投入到新的斗争。她尽自己的力量来处理彭咏梧牺牲后的善后工作，总结经验教训。1948年4月15日，江竹筠在给友人的信中写道："政府尽力围剿以后，四乡都比较清静。最近两个月以内可能没有事情发生，正反省从前的错误另定新策，以后乡下人可能少吃一点苦头。"这时，离彭咏梧牺牲已整整3个月。

许晓轩在狱中被关押十多年，从所见所闻的分析中提出：

  要严格整党、整风，保持组织的纯洁性。

许建业以自己轻信看守，送信到狱外而被告密所造成的损失沉痛地提出：

  切勿轻视敌人。

刘国鋕、陈然等人提出：

  党组织有的领导人，存在有严重的两面性，要防止今后党内出现刘国定、冉益智这样的叛徒！

狱中同志结合自己为什么被捕等情况，分析总结了大量的经验和教训。

狱中同志要求出身豪门的刘国鋕和有军阀家庭背景的罗广斌记住狱中同志讨论总结的所有情况，因为他们两个人的家庭都在不断地采取各种方法营救他们出狱。

在大屠杀中，刘国鋕首先被押出枪杀。罗广斌最终策反看守杨钦典脱险成功。

1949年11月27日，重庆解放的前三天，屠杀达到了高潮。屠杀首先从白公馆开始，到下午4点左右开始分批屠杀。到晚上9点左右，渣滓洞看守所所长李磊按照"天亮前必须枪决完全部人犯"的要求打电话要白公馆的枪手先到渣滓洞增援，一时特务们全部聚集于渣滓洞去执行屠杀。罗广斌突然发现白公馆的枪手一下子全部撤走了，只剩下看守班长杨钦典。罗广斌等人以为是不是解放军打到重庆，敌人全跑了，于是罗广斌喊叫问：杨班长是怎么回事？

杨钦典如实相告：上面有通知，先到渣滓洞，去把那边的人全部解决。你们怎么办，我没有接到通知。

在这千载难逢的机会面前，罗广斌对杨钦典做起了攻心策反工作。"我平常对你说的，解放军打到重庆不出三五天就要变成现实，你要想活命，你要想回河南老家孝敬父母、养家糊口，你现在就必须要有立功的表现，否则你今后跑不出重庆，回不了老家，你双手沾有我们共产党人的鲜血，你不立功赎罪，你是死路一条！"

杨钦典心里是乱七八糟，国民党团以上的干部发机票去台湾，团以下的发遣散费，而我们这些小班长无人过问、前途不明啊！

杨钦典痛苦、矛盾、难以抉择，他在挣扎。

罗广斌加速对杨钦典进行策反教育："给你的时间不多了，我们死无所谓，但是你的父母怎么办？你的家庭怎么办？不要犹豫了，站到我们这边，跟我们一起行动吧！"听了罗广斌的话，杨钦典横下一条心对罗广斌说："行！我干！"

为了慎重起见，杨钦典对罗广斌等人说："我到楼上去观察一下，看看外面的动静，你们听见我在楼上跺脚，你们自己就跑出去。"

在白公馆的楼上，杨钦典看着白公馆外漆黑一片，听见渣滓洞监狱那边枪声不断，他望着天空，紧闭双眼，抬起脚来往木地板上使劲地跺了三下，然后靠在栏杆上，看见罗广斌他们19人全部跑出了白公馆。

死里逃生越狱脱险后的罗广斌奋笔疾书,整理狱中同志讨论总结的情况,在1949年的12月25号,他将狱中同志讨论总结的情况,整理形成了一份《关于重庆组织破坏经过和狱中情形的意见》的报告。罗广斌的报告第七部分记载了狱中同志讨论总结的八个方面的经验教训,也就是"狱中八条"意见:

(一)防止领导成员的腐化;
(二)加强党内教育和实际斗争的锻炼;
(三)不要理想主义,对上级也不要迷信;
(四)注意路线问题,不要从右跳到左;
(五)切勿轻视敌人;
(六)重视党员特别是领导干部的经济、恋爱和生活作风问题;
(七)严格进行整党整风;
(八)惩办叛徒、特务。

这八条意见是革命烈士对党绝对忠诚的体现,这八条意见是革命烈士对执政了的党的殷切忠告,这八条意见的核心观点就是五个字——忠诚与背叛!

当江竹筠面对丈夫被害、孩子尚幼的残酷现实时,她谢绝组织的照顾安排,克服自己对孩子的思念,战胜自己情感的悲伤,毅然决然地留在武装起义的第一线担任联络工作,不幸被叛徒出卖,她坚贞不屈,留下了"活人可以在活人的心中死去、死人可以在活人心中永存"的豪言壮语,表现出了一个共产党员的高尚情操,体现了她对信仰的坚守,对共产主义的坚信,对党的事业的执着追求,对国家和人民群众利益的勇敢捍卫。这就是江姐的忠诚。正如罗广斌同志所言[①]：

  江竹筠同志，你是死了，但你的忠诚，已经成为英勇的共产党人的荣誉。数不清的年轻人，将在你宝石一样发光的名字前面宣誓：我们永远地学习你的高度的气节……

  立政德，就要明大德、守公德、严私德。明大德，就是要铸牢理想信念、锤炼坚强党性，这是领导干部首先要修好的"大德"。
  忠诚自己的政治选择是共产党人基本品质，是共产党人应该拥有的最重要的"德"。江竹筠就拥有这样的品质，她做到了党性与人性的高度统一，严于律己、心存敬畏、敢于担当、绝对忠诚。

[①] 公安部档案馆编注：《血手染红岩——徐远举罪行实录》，群众出版社1991年版，第122页。

七　附录

大安人民的纪念——江姐故里

江姐故里[①]现今已成为红色文化精神传承地,成为国内著名的红色旅游景点。它主要由江姐故居、官印山江姐塑像广场、渣滓洞影视拍摄基地三部分组成。

革命烈士江竹筠的故居位于大安区大山铺镇江姐村江家湾,《大山铺镇志》记载:此地原名朱家沟,明洪武二年(1369),大批湖北、广东民众迁入四川,江家祖先由湖北迁来此地"插标占地",已居此地繁衍23代,故后改为"江家湾"。

江姐故居原宅为三合院合围,北侧厢房20世纪70年代失火烧毁,现存正房、偏房两部分建筑。2007年维修后向游人开放,总共分成实物厅和展览厅两个部分。故居建筑整体呈L形分布,穿斗木结构,悬山屋顶,正房面阔四间13.7米,进深6米,偏房面阔三间13.5米。故居建筑属川南农家小院,背靠官印山,下拥一汪碧潭,周围是茂密的竹林,屋前庄严地竖立着江姐铜像。

江姐故居占地面积300平方米,坐北朝南。江姐于1920年8月20日诞生于堂屋左侧的一间小瓦房里。由于1928年的大天干,江姐

[①] 资源来源:中共自贡市大安区委组织部。

举家搬迁到重庆。1940年江姐的父亲江上林回乡养病,将家具搬到了亲戚家寄放,故居后作为知青下乡的伙食团和保管室,于1970年毁于大火。2006年11月14日,在烈士江竹筠牺牲57周年纪念日之时,为缅怀先烈,自贡市大安区委、区政府决定修复江姐故居,并开始新修大山铺至江家湾5000米的旅游公路。2007年9月,江姐故居修复完成并正式开放,同时新修了江姐汽车客运站、5公里的乡村水泥路及2.8公里长11米宽的旅游快速通道。2011年江姐故居先后被列为四川省爱国主义教育基地和四川省红色旅游景区。

江姐故居所在的江姐村东临千年古镇牛佛镇,西邻国家4A级景区恐龙博物馆,北靠川南古寨堡之冠三多寨,此地交通条件优越,东有成自泸高速公路、西接东环线、南通东延线、北有内宜高速公路。随着成自泸高速连接线、川南城际铁路、成都新机场到自贡高铁的兴建,江姐村的交通及地理位置将更加突出。在江姐村,村民们为这里走出的共和国两位"双百人物"感到自豪。2009年9月14日,江竹筠和同是大安籍的邓萍烈士同时被评为100位为新中国成立作出突出贡献的英雄模范人物。

官印山江姐塑像广场:官印山山体高90多米,从空中俯视下来,形似一方官印。官印山江姐塑像广场约1000平方米。2008年初,江姐白玉塑像在官印山上正式落成。通往山顶江姐塑像的台阶共290梯,象征江姐29岁时牺牲。江姐塑像高度是按照江姐1949年11月14日牺牲的时间,定为"11.14米"高。塑像巍然屹立在官印山上,望着远方,象征着形象伟大,精神永放光芒。

渣滓洞影视拍摄基地:以重庆渣滓洞集中营为基准,按一比一的比例设计在大安区大山铺镇的江姐村建造渣滓洞影视拍摄基地,专门用于拍摄剧中江姐被捕、狱中受刑、狱中坚持革命到最后被特务残酷杀害的剧情,即电视连续剧《江姐》的狱中部分从23集到30集的全部镜头,后基地又接拍《烈火红岩》电视连续剧。该基地于2009年建成，占地 6670 平方米，建筑面积 5400 平方米。洞内还分内、外两院，内院有一楼一底的男牢 16 间，另有 4 间平房作女牢，外院为特务办公室和刑讯室。2020 年 6 月，渣滓洞影视拍摄基地被拆除。

近年来，江姐村以"打造文化旅游强村"为总体思路，围绕弘扬红色文化、传承民俗文化、挖掘科举文化，倾力推进文化旅游产业的培育，江姐村以红色旅游为主题元素的乡村生态旅游得到了蓬勃发展，烈士故乡旧貌换新颜，群众的生产、生活环境有了质的飞跃。游客接待量：每年组织中小学生集体参观 2.5 万人次，组织集体参观 1.2 万人次，组织零星参观 1.3 万人次。并且，每年清明节，到江姐故居和江姐塑像广场瞻仰、缅怀江竹筠烈士的民众不计其数，江姐故里已成为进行革命传统教育、宣扬爱国主义精神，以及对党员干部党性教育的重要基地。

关于江姐的评论

当年从渣滓洞大屠杀中脱险的 15 名革命志士中，孙重、李泽海两位老人至今健在。他们都是国民党酷刑的受害者和见证者。

孙重老人如今就住在渣滓洞所在的歌乐山上。当年大屠杀时，他躺在床上躲过了敌人机枪的扫射，越狱后在山上躲藏 3 天侥幸生还。他对记者说：

> 渣滓洞的男女牢室不在一处，江竹筠具体受过多少刑我不清楚，但我可以肯定她不止一次受过酷刑。有一次，我看到江竹筠走路一瘸一拐，并且手指红肿，应该是刚受了老虎凳、夹手指之类的酷刑。
>
> ——摘自：《一片丹心向阳开　地下党江姐的工作及爱情堪比〈潜伏〉》，载《解放军报》2015 年 06 月 25 日。

"盼教以踏着父母之足迹，以建设新中国为志，为共产主义事业奋斗到底。"江姐的最后一封书信，展现了共产党人的理想信念和钢铁意志。初心和使命是我们党的政治灵魂所在，是激励一代代共产党人英勇奋斗的根本动力。广大党员干部缅怀历经艰难而初心不改的革命先烈,以红岩精神洗涤心灵,让政治信仰融入情感之中、内心深处,必将凝聚起推动新时代重庆改革发展的强大力量。

——摘自:《从红岩精神中汲取信仰的力量》,载《重庆日报》2019年06月18日。

江姐是一位坚定的革命斗士,早已将生死置之度外;她也是一位柔情的母亲,格外思念她那幼小的云儿。1949年8月,在给亲人谭竹安的托孤信中,她写道:"假若不幸的话,云儿就送你了,盼教以踏着父母之足迹,以建设新中国为志,为共产主义革命事业奋斗到底。孩子们决不要娇养,粗服淡饭足矣。"这是江竹筠留给儿子最后的遗言。

1949年11月14日,年仅29岁的江竹筠被秘密杀害于歌乐山下的电台岚垭刑场。江竹筠没有亲眼看到重庆的胜利解放,但她忠贞革命、宁死不屈的革命形象永远活在人们心中。

——摘自:《江竹筠:入党之初就决定把一切献给党》,载《学习时报》2020年09月07日。

就在彭咏梧遇难的当天,毫不知情的江竹筠带着一大箱药品和4名干部从重庆顺江而下。当她到达约定地点——云阳董家坝见到卢光特和吴子见后,才知道彭咏梧牺牲的噩耗。形势危急,江竹筠默默地将个人悲痛情感隐藏,立即召集会议。经讨论,决定游击队先分散、暂时隐蔽,只由卢光特与江竹筠一道回重庆向川东临委汇报情况。

安排隐藏好其他同志后,1948年2月5日,江竹筠和卢光特一道登上了去重庆的客船。当时正值腊月,船上很冷,两人都只带有一套衣物,晚上就和衣睡在走道上。他们正像小说《红岩》里描写的江姐和华为一样,还要小心翼翼地躲避着搜查。尽管丈夫的牺牲让江竹筠无比悲痛,但她在船上还在关心着游击队的工作,不时地向卢光特询问下川东的情况。

——摘自:龚道鹏《彭咏梧江竹筠的战友——巫山龙溪地下党组织创建人卢光特》,载《红岩春秋》2012年第4期,第62页。

江竹筠是那个时代优秀地下工作者的一个缩影。在恐怖高压之下,他们必须化身为普普通通的职员、教师、学生、工人、农民,甚至挑夫、苦力,在为个人衣食奔波之际,还得时刻把完成革命工作放在第一位;他们还要像《沙家浜》中的阿庆嫂一样,"垒起七星灶,铜壶煮三江。摆开八仙桌,招待十六方",在广交朋友中隐蔽自己。让人难以适应的是,他们不得不常常辗转各地、变换职业、更新身份,这或是因为组织需要,或是受到敌特怀疑,或是环境所迫;更考验人的是,这样的生活不是一天,而是一周、一月、一年,周而复始,似乎没有尽头。

大浪淘沙始见金,正是经过长期隐蔽生涯的熔炼和摔打,她才成为人们熟知的稳重大方、沉着机智的"江姐"。

——摘自:杨新《"江姐"的成长人生》,载《红岩春秋》2019年第2期,第47页。

"江姐在'遗书'中写下:'我有必胜和必活的信心,自入狱日起我就下了两年坐牢的决心。'"张蕾蕾说,从信中可以感受到江姐对革命取得胜利抱有坚定不移的信念,做好了为革命信仰牺牲的准备，是革命先烈对共产主义信念执着追求的高度概括；是革命先烈坚持真理，改造社会的人生伟大实践；是革命先烈为国家、为人民无私奉献的真实写照，"同时也是改革开放发展建设过程中不可缺少的一种精神支柱"。

在这封信中，江竹筠还表达出积极乐观的心态，展现了不断求学的精神——"我们在牢里也不白坐，我们一直是不断地在学习。"同时，她还对谭竹安提出了愿望，"希望我俩见面时你有更惊人的进步"。

1949年11月14日，重庆解放前夕，江竹筠壮烈牺牲，为共产主义理想献出了年仅29岁的生命。"江姐就是红岩精神的生动写照。"张蕾蕾说。

——摘自：《柔情慈母的挚爱家书　革命斗士的坚定信仰》，载《中国青年报》2019年07月04日。

共产党人是用特殊材料做成的，同时革命者也是普通人，也是普通的母亲，也会有伟大而平凡的母性。当母亲的角色与革命者的身份发生冲突时，江姐舍小家顾大家，但还是想尽可能地履行母亲的职责，她用那双在渣滓洞惨遭刑法摧残的手写下了托孤遗书。

——摘自：郑林华《"是否不要江姐死"　学习和弘扬江姐坚贞不屈的精神》，载《新湘评论》2015年第23期，第31—32页。

2008年，重庆红岩革命纪念馆采访唐永梅时，刚提到江姐，老人便号啕大哭，她回忆道：江姐从来不摆领导架子，很关心我的困难，我要负担母亲的生活，她常问我是否按月寄钱回家，是否缺钱，如果缺钱组织可以帮助。她还多次询问我对婚姻问题的想法，为我设法在党内物色对象。有时还带点食品来和我共进一餐。她说话简短，但事情交代清楚，一丝不苟。我们收转信件，没有出过一次差错。

在白色恐怖的年代里，江姐就像一个热水瓶，温暖着我这样的普通地下党员，给我关怀和温暖，驱散我的孤寂，给我力量，使我愉快地坚持通联工作。

——摘自：杨宏《说不尽的江竹筠》，载《红岩春秋》2016年第3期，第50页。

烈士何雪松在狱中曾专门为江竹筠写过一首题为《灵魂颂》的诗：你又镣铐着回来了/毒刑没有屈服你的忠贞/许多同志因你的忠贞而安全了/革命工作因你的忠贞会开展飞腾/你，你是丹娘的化身……

诗中的"丹娘"，是指苏联故事片《丹娘》中，在敌人酷刑下毫不屈服的主人公卓娅。江竹筠学过俄语，读过很多苏联的书籍和报刊，她对卓娅特别欣赏。

轻声诵读诗歌，崇敬涌上心头。面对"自首便可获释"的诱惑，江竹筠选择在酷刑中坚持。她的坚韧不拔，保住了党的秘密，保全了很多革命志士，也不断激励着狱中战友。

——摘自：杨彪、张放《一片丹心向阳开——江竹筠烈士事迹再寻踪》，载《雷锋》2015年第1期，第26—27页。

老一辈革命家也深深为江姐的英雄事迹所折服。据《红岩》作者之一的杨益言回忆，当年毛泽东观看空政文工团演出的歌剧《江姐》时，看到壮烈牺牲那场戏，他禁不住动了感情，曾感慨而又不无遗憾地对身边的工作人员说："为什么不把江姐写活？我们的人民解放军为什么不去把她救出来？"

江姐就像红岩上傲立雪中的红梅花一样，在中国的革命史上永放光彩。

——摘自：黄莺、莫细细、刘绍卫、张丽红、林苹《江竹筠　红梅傲雪红岩上》，载《广西党史》2005年第4期，第41页。

一九三七年七月七日，日本发动全面侵华战争，抗日怒潮席卷全国，共产党成了民族救星。平日沉静好学，探求社会解放的江竹筠立即响应共产党号召，投身抗日救亡运动。一九三九年以后，反动当局指斥搞救亡工作就是"异党活动"。江竹筠以"异党"为荣，顶逆流而进，在这一年的秋天（时值第一次反共高潮），毅然参加了共产党。入党后，江竹筠同志酷爱马列主义理论，向往革命圣地延安。但这时党却要她留在重庆作通讯联络工作。这需要一个不为人注目的职业作掩护，因此，党组织指示她要学习会计，学拨算盘珠子，她毫不犹豫，听从组织安排。一九四〇年秋天考入中华职业学校会计训练班。经过艰苦的努力，掌握了会计专业。

一九四一至一九四三年期间，江竹筠严格执行南方局关于对付反共逆流的指示："勤学、勤业、勤交友"，在几个地方先后坚持了三年会计业务，把自己成功地隐蔽于群众之中，顺利完成了通讯联络任务。

历史把江竹筠同志推到了另一条战线。一九四四年，国统区民怨沸腾，地下火正在燃烧。学生运动势如破竹，这时党组织决定调她去搞学运，并对她下达了必须考进四川大学的任务。对于只读过一年高中的人,不能不说是一个难题。"为了完成党交给的任务我愿意拼命",她以这种决心挥汗复习了三个月,一九四四年秋天,果然考上了四川大学,并有意选了一个冷门——植物病虫害系。

一九四八年六月,江竹筠同志因叛徒出卖被捕,关在中美合作所渣滓洞监狱。她刻苦学习的成果得到了最珍贵的用场。狱中难友急需读共产党的书,但在这个法西斯监狱里哪能找到敌人最害怕的书呢?有了,它就藏在敌人无法查找的地方,她向黄玉清、曾紫霞同志提议:"让我们凭记忆把它们背写下来。"不久,用草纸、红药水、棉杆写成的《新民主主义论》就在女牢房传开了。大部分是江竹筠同志背出的。最叫人难忘的是开头一天,她们背完《中国向何处去》一章后,江竹筠同志反复地吟诵着:"科学的态度是'实事求是',……唯有科学的态度和精神,能够引导我们民族到解放之路。真理只有一个……只有千百万人民的实践,才是检验真理的尺度。"

——摘自:卢光特《江竹筠同志生活片断》,载《贵州文史丛刊》1981年第2期,第139—140页。

大安区"弘扬江姐精神打造江姐故里"掠影

盐泉喷涌，龙乡儿女励精图治历春夏秋冬；红旗漫卷，大安人民拜谒英灵扬江姐精神。红色情结在这里持续升温，红色硕果在这里不断累积。

2004年12月，中共中央办公厅、国务院办公厅发布《2004—2010年全国红色旅游发展规划纲要》，全国红色旅游风起云涌，迎来了2005年不平凡的"红色旅游年"。

2005年3月15日，吴玉章、卢德铭、邓萍、江竹筠等自贡"红色"历史人物事迹，与盐、龙、灯地方特色一道，在人民大会堂"纪念中国工农红军长征经过四川70周年暨'四川旅游宣传月'"展示中心整体亮相。

2005年3月，大安区十五届人大三次会议期间收到人大代表刘永泰《打造"江姐"旅游品牌》的议案。

2005年4月14日，大安区人大常委会党组书记、副主任裴建成率队到江家湾视察，研究打造"江姐"品牌、启动红色旅游线事宜。

2005年5月，区旅游局按照区委、区府的要求，制定启动了红色旅游线方案，修复江姐故居、建江姐事迹陈列室、塑江姐像、建江姐衣冠冢等工作进入日程，全区收集和整理江姐的各种资料，丰富江姐文物的内涵，挖掘和提炼江姐精神的亮点，引导群众思江姐、爱江姐、学江姐等活动全面展开。

2005年5月18日，《自贡日报》推出《自贡红色之旅》系列报道，寻访自贡的爱国主义教育基地和革命遗址，为自贡红色旅游升温助力。

2005年5月，在保持共产党员先进性教育活动学习动员和分析评议阶段，实施江姐故居改造工程成为区委挂牌督办的19个重点之一。

2005年6月2日，四川省红色旅游发展研讨会在成都举行，时任区委常委、区委办主任刘义撰写的《打造"江姐"品牌，促进自贡红色旅游产业发展》荣获优秀论文奖，并入选《四川省红色旅游发展研讨会论文集》。

2005年7月18日，中央电视台电影频道《流金岁月·相聚》栏目走进江家湾的江姐故居现场拍摄、采访。江子刚夫妇接受邀请，与电影《烈火中永生》中江姐的扮演者于蓝、江姐的孙儿彭壮壮一道，录制深情回忆江姐光辉事迹的专题节目。加速江姐故居建设引起国人瞩目。

至此，"引爆"红色旅游黄金线，46万大安人高举"江姐大旗"，用江姐精神凝聚人气，激发活力，奋力打造江姐故里400平方公里宏伟画卷的大幕即将拉开。

2006年9月，新任区委书记未也深入全区16个乡镇（街道）开展调研，走访辖区企业、居民住户，详细了解区情、民情，分析了全区六大优势，提出了强工业，加快园区建设；抓三产，加快物流产业发展，强化专业市场培育，着力挖掘旅游资源特色，形成"商贸+旅游"的特色旅游经济；推进新农村建设，调整农业产业结构，推进农村城镇化进程，促进农业增长、农民增收和农村富裕；化解区乡债务等一系列思路。

在这一思路的策动下，全区经济和社会事业发展全速推进，一个个令人瞩目的"动作"悄然而来。

2006年11月14日,大安区召开纪念江竹筠烈士牺牲57周年活动,启动"弘扬江姐精神,建设和谐大安"主题系列活动,"寻、知、学、做、捐"红色教育活动在全区上下广泛开展。

2006年11月底,江姐故居修复工程动工,2007年7月1日正式对外开放,广大干部群众、中小学生缅怀先烈有了新去处。

2006年11月30日,大山铺小学正式命名为江姐小学。同时,区教育局启动全区中小学生"弘扬江姐精神,永做革命传人"主题系列教育活动,江姐精神普育新花。

2006年12月7日,大安区第九次党代会胜利召开,区委向全区人民发出"以人为本、同心同德,为加快建设富裕文明和谐新大安而努力奋斗"的号召,要求全区上下未来五年围绕建设"富裕文明和谐新大安"目标,促进"两大转变"、把握"三大关系"、推进"四大战略"、强化"五大举措",全面加强党的执政能力建设和先进性建设,实现大安经济又好又快地发展。

2006年12月12日,大安区第十六届一次人代会胜利召开,区政府立足当前,着眼未来,抢抓机遇,紧紧围绕建设"富裕文明和谐新大安"这一总体目标,提出了优化经济结构,壮大经济总量,着力打造"实力大安";优化发展环境,增强发展活力,着力打造"魅力大安";坚持以人为本,注重协调发展,着力打造"和谐大安";加强自身建设,提升政府形象,为"三个打造"提供组织保障等新举措。

2007年3月28日,一尊高约2米的江姐铜雕像在江姐故居落成。

2007年6月12日,政府举资、社会捐助的大山铺镇直达江姐故居5.6公里红色旅游通道竣工。

2007年8月18日,大安区举行首届"江姐家乡助你上大学"活动。

2007年10月12日,大安区首届江姐文化艺术节开幕式暨江姐艺术团成立大会隆重举行。

2007年11月，大山铺永和村正式更名为江姐村，江姐村人以崭新的姿态进入公众视野。

2008年4月，江姐村官印山山顶1000余平方米的江姐雕像广场落成。上山台阶290级，寓意江姐牺牲时的年龄29岁；雕像高7米，底座高4.14米，总高度11.14米，寓意江姐牺牲的时间1949年11月14日。

2008年5月12日14时28分，汶川8.0级地震袭来，全区上下众志成城抗震救灾，灾后重建、驰援灾区全面展开。

2008年6月1日，大安区举行"'情系灾区，共庆六一'我们与你在一起"慰问活动，对全区少年儿童和来自灾区的43名小朋友进行节日的问候。

2008年6月7日凌晨5时许，大安区121名应急民兵集结开往地震重灾区北川、安县前线奋战35天。7月10日，召开赴灾区抗震救灾总结表彰大会。

2009年3月，在大安区委、区府的支持下，刘仁辉、杨源孜合著的《江姐童年故事》由湖北少儿出版社出版发行。

2009年4月18日，中央电视台、重庆电视台和大安区在重庆红岩革命纪念馆广场举行30集电视连续剧《江姐》开机仪式。

2009年4月28日，大安区首届乡村旅游文化节在团结镇土柱村村民活动中心广场拉开帷幕。

2009年6月18日，历时48天建设的大安"渣滓洞"影视拍摄基地建成。7月16日，迎来《江姐》剧组，11月又迎来《烈火红岩》剧组。

2009年6月29日下午，大安区庆祝建党88周年大会暨大安党建先锋网开通仪式在凤凰乡政府举行。该网站分组织工作、反腐倡廉、宣传思想工作、统战群团、党建务实、党建资料、远程教育、党建专题、基层动态9大板块。

2009年7月8日,自贡十中正式命名为江姐中学,解放后党和政府创办的自贡市第一所高中掀开了新的一页。

2009年7月17日,大安区向丁柳元颁发"大安区形象大使"聘书,《江姐》狱中部分从23集到30集在大安开机。《江姐》全剧经过110天紧张拍摄,8月4日上午10时30分在大安"渣滓洞"影视拍摄基地封镜。

2009年9月8日,大安区隆重举行庆祝第25个教师节暨优秀教师表彰大会,会上大安区江姐教育艺术团成立并授牌。

2009年9月19日晚,大安区庆祝新中国成立六十周年暨自贡市设市七十年红歌会在仁和路社区广场隆重举行,重温红色记忆,抒发爱国情怀。

2009年11月14日,大安区纪念江姐同志殉难60周年祭奠仪式在江姐村官印山江姐雕像前隆重举行,从北京远道回来的江姐孙儿彭壮壮与社会各界一道参加祭奠活动。

2009年11月24日,大安区江姐精神征集研讨会在江姐村举行,自贡市文化界知名专家、学者应邀参加。

2010年2月11日,全长2.8公里,宽11米的江姐村红色旅游快速通道如期通车,并于3月26日开通公交中巴车。

2010年3月12日,大安区面向全社会广泛开展"我为江姐故里植棵树"活动。

2010年7月1日,坐落于江姐村的川南民俗馆正式对外开放。

2010年7月29日至8月12日,在江姐诞辰90周年之际,《江姐》在央视一套黄金时间播出。全市设置了东方广场、人人乐广场、两口塘宏丰广场以及江姐村四个集中观看点,大安区再次成为国人关注的焦点。

2010年7月29日,未也书记撰写的《弘扬江姐精神努力推动大安实现新跨越》在各大媒体转载，文中高度概括出"忠于理想、坚定信念，坚韧不拔、团结奋斗，无私无畏、一生为民"的新时期江姐精神。

2010年8月1日，江姐村红牌坊落成，牌坊高8.7米，宽20.4米，跨度11米，主体外饰采用藏红色金属氟碳漆，文字为烫金毛体，牌身梅花采用浮雕工艺。

2010年8月25日，大安区社会各界齐聚一堂，共话《江姐》，并启动大安区"纪念江姐文学作品征文"活动，并于12月底出刊《龙乡文学·纪念江姐文学作品征文专号》。

2010年9月，大安区为期两年的"唱红歌、读经典、树正气"系列活动拉开序幕。

2010年9月17日，江姐小学建校百周年庆典暨自贡市人民政府授予丁柳元"荣誉市民"称号仪式在江姐小学校内隆重举行，市委常委、市委秘书长谭豹代表市政府向丁柳元颁发"自贡市荣誉市民"证书和"自贡市形象大使"聘书。

为纪念江姐诞辰90周年，大安区深入开展"创先争优"活动，在全区范围内开展了为期两年的"唱红歌、看红剧、读经典、树正气"系列活动，2010年10月22日晚，在凤凰乡山水名苑社区广场开展系列活动之"红色经典歌曲大家唱"比赛，10支代表队20首经典红色歌曲奉献给在场4000余名观众。

2010年12月14日，CCTV-7《和平年代》栏目大型电视纪实片——《血总是热的》剧组一行8人抵达大安，拍摄中国共产党在中国革命战争时期的宋绮云、江姐、叶挺等8位优秀历史人物。该片共8集，每集21分钟，江姐为第2集《圣洁血花》，2011年七一前夕在中央电视台黄金时间播出。

2011年3月13日，"自贡市老干部林"在江姐村川南民俗文化园正式启动，首批种下100株桂花树，全年将植树1000株纪念建党

90周年。

2011年3月17日，大安区召开党建工作专题会，在"七一"前100天集中开展唱响红歌颂伟绩、万名党员学党史、多种比赛展成就、瞻仰参观坚信念、系列座谈念党恩、专题表彰促先进、走访慰问送温暖、宣传巡礼学先进、学习讲话增干劲等9项丰富多彩、形式多样、富有特色的主题活动，着力营造庆祝中国共产党成立90周年的浓厚氛围。

2011年5月25日，江姐故居被授予全省政法系统"发扬传统、坚定信念、执法为民"主题教育实践活动基地，全省26个之一。

2011年6月21日，大安区举行纪念中国共产党建党90周年座谈会，老党员、老干部、优秀的代表、助推新农村工作老干部代表欢聚一堂，重温党的光辉历程，回顾人生历程，抒发革命情怀，建言大安跨越发展。

2011年6月，四川卫视新闻部《重访先辈足迹》剧组在大安开展为期两天的拍摄，先后拍摄江姐故居、渣滓洞影视基地、永和大学堂、新农村新面貌等，采访江姐的侄子江子刚，江姐村社区党委书记张俊，以及游客、村民，集中展示江姐村的新风尚、新变化、新面貌、新成绩。该专题报道5分钟，6月20日在四川电视台和四川卫视播出。

2011年6月20日，江姐小学四年级1班被教育部命名为"江竹筠班"，并到北京国家博物馆接受授牌，学生代表朱祥恺在授牌仪式上发言。

2011年6月27日，首届自贡江姐故里红色旅游节启动仪式在江姐村李白滩广场举行，缅怀革命先烈的光辉事迹，推进以江姐故里、吴玉章故居为代表的红色旅游资源开发。仪式上，省美术家协会向大安区捐赠红色经典红岩版画。其间，举办"红色之旅、红色故里"徒步游、自贡旅游风光摄影采风暨摄影大赛、"颂歌献给党"主题文艺演出等。27日晚，大安区在川南皮革城广场举行"与太阳同行"系列活动之"红歌汇演"暨首届"十佳道德模范"和"十佳创业明星"颁奖仪式，全区11支合唱队11500余人参演。

2011年7月7日下午3时30分，87岁的"看守特务"黄茂才到江姐村祭奠江姐。黄茂才系自贡荣县杨佳人，1945年5月，成为重庆渣滓洞监狱的一名看守管理员。其间，遇到同为自贡老乡的江竹筠。在她开导、劝说、感化下，黄茂才利用管理员的特殊身份成为江竹筠等共产党员在狱内与战友、狱外与党组织联系的"特殊信使"，并成功地送出江姐写给儿子彭云的示儿信和女牢党员胡其芬在大屠杀前夜写的后来被称为《最后的报告》的秘密急信等信件。

2011年7月8日，由市妇联发起的50亩"盐都巾帼林"在江姐村红梅园揭牌。

2011年8月11日，江姐村被评为"自贡十大最美村庄"。

2011年11月21日，江姐村获"四川最具发展潜力村落"殊荣。

2012年1月30日，经过10余天紧张筹备和拍摄，电影《勇敢游戏》剧组在江姐村影视基地顺利完成拍摄任务。该片是继《江姐》《烈火红岩》《追捕渣滓洞刽子手》等3部电视连续剧来江姐村影视基地拍摄后的第一部红色电影。

2012年2月，江姐村200余亩红梅园20000株红梅昂首怒放，供游人观赏，传递着对江姐精神永远的敬仰。

2012年6月8日至21日，一部讲述"江姐"真实人生的爱国主义教育主题电影《我最好的朋友江竹筠》在自贡市上映。

2012年8月，江姐故居被授予"四川省青少年爱国主义教育基地"称号。

2013年4月18日至20日，空政文工团在市川剧艺术中心为盐都观众献4场（其中两场为全市教育系统专场和江姐故里大安区专场）大型民族歌剧《江姐》，剧中第五代"江姐"由"80"后知名青年歌唱家王莉扮演。这是该剧演出50年来的第1010场演出，成为"江姐"王莉全国巡演四川站的首站，也是《江姐》首次"回家"演出，随后在宜宾、绵阳、崇州等地巡演。

2013年11月14日下午，由大安区委宣传部、自贡市民间文艺家协会联合主办，大安区文建委和自贡市天之蓝艺术团承办的"永远的江姐·纪念江姐就义64周年"文艺演出活动在江姐中学举行，表演大合唱《红梅赞》、配乐诗朗诵《红梅花儿开》、舞蹈《祖国万岁》、情景剧《黎明前的枪声》等剧目14个。

2014年4月4日，市纪委监察局机关开展"学江姐精神、铸忠诚之魂"活动，组织干部职工到江姐村进行爱国主义教育，并践行"六项承诺"，以江姐精神的强大力量，推动全市党风廉政建设和反腐败工作上台阶、出亮点、见实效。

2014年4月9日，大安区委中心组举行党的群众路线教育实践活动第三次专题学习会，围绕"缅怀革命先烈、重温入党誓词"主题，从"入党为什么、当干部做什么、为后人留下什么""什么是正确的权力观、地位观、利益观""为了谁、依靠谁、我是谁"三个主题开展学习讨论。中心组成员首先来到市烈士陵园祭扫英魂，前往江姐故里追寻英烈足迹，重温入党誓词，接受心灵洗礼。

2014年5月3日，江姐学生时期雕像落户江姐中学求真广场。该雕像由三步台阶、基座、梅花座和塑像四个部分组成。其中塑像高3.8米，梅花座高2米多，材质为仿汉白玉，选取江姐青年时期的学生装造型，颈部的围巾迎风飘舞，体现出浪漫、坚韧和豪放的气质。

2014年11月11日，江姐牺牲65周年之际，中国收藏家协会书报刊委员会常务理事、自贡市红色收藏家姜小平特地向部分市民展示63年前出版的一本《西南青年》，书中刊有《红岩》的"母体"——回忆录《在烈火中永生》的作者之一刘德彬撰写的回忆录《忆江竹筠同志》。该文近1500字，不仅介绍了江姐英勇不屈的事迹，也披露了江姐对狱中战友关怀备至的细节。

2015年1月8日起，自贡正式开行大山铺公交枢纽站至江姐村的310路公交线路。

2015年3月，江姐村被中央文明委评为第四届全国文明村。

2016年4月，上海电视台大型纪录片《理想照耀中国2》来江姐村拍摄江姐专题片，6月27日起在纪实频道、东方卫视、宁夏卫视和央视播出。

2016年10月28日，"江姐故里"红色旅游开发建设指挥部第一次全体会议在自贡东北部新城召开，标志着"江姐故里"红色旅游项目启动。此次会议以"江姐故里——中国红色文化生态旅游城概念规划"为主题，听取了四川省建筑设计研究院专家团队对江姐故里红色文化规划方案介绍。

2017年2月28日下午，市委书记李刚率队深入大安区调研督导贯彻落实市第十二次党代会暨市委十二届二次全会精神情况。在江姐村，李刚在江姐塑像广场听取江姐故里红色旅游项目汇报，详细了解该项目的推进情况，对大安打造红色旅游的思路给予肯定。他指出，大安依托江姐故里打造红色旅游项目具有优势条件，打造红色旅游项目不是简单复制，要跳出自贡看自贡，要在川南、成渝、西南的大区域格局中来高水平制定旅游发展规划。要以尊重历史、遵循自然、遵从实际为定位，突出特色、大气、现代理念，按照红色旅游与绿色景区融合发展的思路，体现历史厚重感和区域生态感，推动红色旅游项目创新发展、可持续发展，进一步打造文化品牌、提升区域品质。

2017年5月5日，自贡市武警支队红色教育基地挂牌仪式在江姐村举行。

2017年6月30日，大山铺镇8个村（社区）"第一书记"发起，在江姐村官印山举行了"致敬先烈、争创文明"主题党日活动，为文明城市创建和打造红色旅游基地营造良好环境。

2017年10月22日，由大安区关工委、区教育局、团区委联合主办的"江姐讲堂"巡回报告会启动仪式在江姐小学举行，大力弘扬江姐精神，在全区各中小学校中开展学习十九大精神、社会主义核心价值观、"中国梦"、革命传统红色教育、家庭教育等宣讲报告，教育和引导学生从小牢固树立共产主义理想信念，坚定正确的价值理念和道德观念，进一步加强未成年人思想道德建设。

2018年5月9日，省教育厅发文正式命名江姐中学为四川省二级示范性普通高中，结束了大安区没有省级重点中学的历史。

2019年4月3日，大安区在江姐村开展"缅怀革命英烈·弘扬传统文化"主题清明祭扫活动，深入开展爱国主义教育和革命传统教育，缅怀革命先烈，传承烈士精神，弘扬社会主义核心价值观。

2019年6月21日，自贡市检察机关青少年法治教育中心揭牌仪式在江姐中学隆重举行，深入贯彻落实习近平总书记在全国教育大会上的重要讲话和关于加强未成年人保护工作的重要指示精神。市人大、市政府、市政协、市关工委，大安区委、区政府相关领导和市、县有关部门分管领导，部分人大代表、政协委员以及全市检察机关干警和江姐中学师生等出席。

2019年6月27日下午，在党的98岁生日来临之际，市委副书记、市长何树平与支部全体党员一起在江姐故居，参加市政府办公室机关党委综合信息支部"缅怀革命先烈、秉承英雄遗志，不忘入党初心、争做时代先锋"主题党日活动。他与大家一起聆听江姐事迹，诵读红色家书，同过政治生日，重温入党誓词，共同缅怀革命先烈的爱国情怀和伟大精神，勉励大家弘扬江姐精神，不忘初心，牢记使命，砥砺奋进，为自贡加快转型突破，推动振兴发展作出积极贡献。

2019年8月19日至21日，四川农业大学信息工程学院的7名学生到我市开展"缅怀先烈，展望未来"红色之旅暑期社会实践活动。20日上午，大学生们参观江姐故居、渣滓洞影视拍摄基地、邓萍事迹陈列馆，采访江子刚。3天里，他们先后走访富顺县烈士陵园、江姐故居、渣滓洞影视拍摄基地、邓萍故居、卢德铭故居。

2019年11月14日是江姐英勇就义70周年的日子，自贡市、大安区各界隆重举行纪念活动，掀起学习江姐精神的热潮。

2019年10月底至11月中旬，大安区妇联拍摄"不忘初心、牢记使命——巾帼心向党·建功新时代"主题教育暨江姐英勇就义七十周年纪念活动音乐快闪。

2019年10月30日，大安区关工委、区教体局"纪念江姐英勇就义七十周年专题报告会"在凤凰学校举行。

2019年11月8日，大安区关工委、共青团大安区委、区教育和体育局、区图书馆主办，区教育和体育关工委承办，大安小学校协办的"纪念江姐英勇就义七十周年"经典诵读比赛在大安小学举行。

2019年11月13日，大山铺镇江姐村在官印山举行纪念江竹筠殉难70周年暨"不忘初心、牢记使命"主题党日活动。

2019年11月14日，大安区关工委、团区委、总工会、妇联、教育和体育局五部门在江姐小学举行"纪念江姐英勇就义缅怀仪式"；江姐中学举行"人民的姐姐·纪念江姐英勇就义70周年文艺演出"。

2019年11月15日，自贡市在江姐村官印山"江姐"塑像前举行庄重的祭奠仪式，缅怀革命先烈的丰功伟绩，传承红色基因，凝聚接续奋斗的精神力量。近200名机关干部、中小学生和自发赶来参加祭奠仪式的群众在江姐雕像前默哀致敬。"江姐"的孙子彭壮壮携家人专程赶回自贡参加仪式。其间，并参观走访江姐中学、江姐故居、自贡盐史博物馆、自贡恐龙博物馆、区规划展示厅等。

2020年4月至8月，大安区面向全国广泛开展"江姐精神"表述语征集提炼活动，用江姐精神凝聚力量，引领全区党员干部群众万众一心、砥砺奋进，进一步弘扬好江姐精神，传承好红色基因，牢记初心使命，助力天府旅游名县创建，推动大安高质量发展。征稿共收到来自全国各地 28 个省、自治区、直辖市 388 人 918 条表述语或宣传语；网络投票 63890 人 1125427 票；最终评选出 12 名优秀奖；经区委常委会审定，公布江姐精神大安表述语为：红岩大义，担当大安。

2020 年 5 月 15 日，大安区关工委"江姐讲堂"纪念江姐诞辰 100 周年视频宣讲会在广华山小学启动。

2020 年 7 月 8 日，自贡文旅携手中国·东盟艺术学院、北京大学艺术学院，共同创作以江竹筠为题材的原创音乐剧《红梅花开》建组仪式暨首次创作研讨会通过腾讯会议在线召开。预计该剧于 2021 年 5 月进行公演，献礼中国共产党成立 100 周年。

2020 年 9 月 29 日上午，"中华儿女革命的典型——江竹筠烈士生平事迹展"在重庆、成都及大安区同步举行。在大安区，68 块展板 267 张历史照片生动形象地再现了江竹筠烈士伟大、短暂而光辉的一生，线上"大安宣传"公众号、"大安观察"APP 同步进行。下午，重庆红岩历史博物馆原馆长厉华做客"江姐讲堂"，讲授《红岩魂信仰的力量——中华儿女革命的典型江竹筠》精品党课。

2020 年 10 月 20 日，大安区以"弘扬江姐精神·诵读时代华章"为主题，纪念江姐诞辰 100 周年暨 2020 年大安区经典诵读比赛在江姐中学举行。

2020 年 11 月 10 日，大安区关工委常务副主任李大中荣获第八届"四川关爱明天十佳五老提名奖"。他 3 年间，在辖区 40 所中小学校宣讲"江姐讲堂"79 场，3 万多名听众受益。

2020 年 12 月，市委书记范波在《全省精神文明建设表彰大会发言材料》上批示，派人到川大学习江姐纪念馆及排演话剧等经验，探讨联动开展大中学生红色教育。加强对吴玉章、卢德铭、邓萍、江竹筠等革命先辈事迹，三线建设精神、改革开放精神和伟大抗疫精神等弘扬和学习，结合建党 100 周年纪念活动作出系统安排。

2021 年 1 月 28 日，由大安区市委宣传部常务副部长万一带队，率市文明办、市关工委、市教体局、市文广电旅游局、四川轻化工大学、四川卫生康复职业学院、大安区委宣传部等部门单位分管领导、科室负责人，前往四川大学考察学习弘扬江姐精神"馆、剧、班"经验，并形成考察报告。

2021年2月26日，市委书记范波深入江姐故居实地调研，并对建党100周年系列庆祝活动、挖掘收集党史资料和江姐故居打造等方面提出要求。

……

延伸、铺展还在继续！

今天，我们走进江姐村，自贡嘉祥外国语学校书声琅琅、中华彩灯大世界光耀世界、四川轻化工大学东部新城校区拔地而起……

今天，我们走进江姐故里，全国文明城市创建功不可没、决战决胜脱贫攻坚完美收官、自贡北大门喜迎八方客、青龙湖国际度假区方兴未艾、方特恐龙王国公园即将纳客、自贡东北部新城乘势崛起、现代农业示范园支撑有力、天府旅游名县创建如火如荼、内自同城先行区融入成渝地区双城经济圈谋定而动……

从"一城、一中心、一目的地"到"一城两区一枢纽一目的地"，到"两园两城一目的地"，再到"两园两城两区"，抬眼间热火朝天的重大项目工地、日新月异的城乡面貌、书香浓郁的美丽校园、四通八达的交通网络、人潮涌动的商贸旅游、向着美好生活前进的大安儿女……红色浸润的土地生机盎然！

"大美盐龙灯、安居天下客。"

今天，我们走近江姐精神，感念中"弘扬江姐精神，打造江姐故里""弘扬江姐精神，打造大安名片""弘扬江姐精神，推进富民强区""弘扬江姐精神，树立清廉乡风""弘扬江姐精神，永做革命传人""弘扬江姐精神，繁荣文化艺术，打造江姐名片，构建和谐大安"

"红岩大义,担当大安"……鲜亮催人的旗帜高高擎起,开明开放幸福美丽欣欣向荣新大安扬帆远航!

(作者:自贡市大安区融媒体中心 黄明鑫)

我心中最美的英雄女神
——致江姐的一封信

敬爱的江姐：

您好！我是一名小学五年级学生，首先向您致以崇高的少先队队礼。寒假期间，我阅读了《红岩》这本书，从此认识了您，被您的传奇故事深深吸引，被您的伟大精神深深震撼！怀着无比敬仰之情，我还观看了《烈火中永生》《江姐》《我最好的朋友江竹筠》等几部影视作品，每一部我看得都非常认真，感动得热泪盈眶，耳畔总会回响起那首铿锵有力的《红梅赞》：红岩上，红梅开，千里冰霜脚下踩……

您所生活和战斗的年代，正处于新中国成立前夕，那个时候，人民解放军节节胜利、势如破竹，国民党反动派不断败退、垂死挣扎。在白色恐怖笼罩下的重庆，您为了革命的最终胜利，将自己年幼的孩子寄养在别人家中，强忍失去丈夫的悲痛，怀着对革命的必胜信念和对党的无限忠诚，冒着生命危险，组织学生运动，发行《挺进报》，进行舆论斗争，引起反革命势力的极大恐慌。后来，因叛徒出卖，您不幸被捕。在狱中，您面对敌人的严刑拷打，坚贞不屈、视死如归，用年仅29岁的生命保护了战友，捍卫了新生的共和国政权。您勇敢地对敌人说："你们可以打断我的手，杀我的头，要组织是没有的。""竹签子是竹子做的，共产党员的意志是钢铁铸成的！"这是多么伟大的精神，这是多么勇敢的宣誓。世界上若有时光机，我真的很想穿越时空，去到那个激情燃烧的岁月，加入光荣的革命队伍，与您一起为党的崇高事业和民族解放贡献自己的青春和热血。

我要学习您探索真理的品质。您酷爱马列主义理论，向往革命圣地延安，在考入重庆的中国公学后，秘密加入了中国共产党。您服从党的安排，不顾个人安危，自觉投身党的地下工作，是一名坚定的共产主义战士。我现在是一名少先队大队委，我也要像您一样热爱党热爱国家，多为集体做贡献。我满18岁时也要申请加入中国共产党，成为一名像您一样优秀的共产党员。

我要学习您强烈的求知欲望。少年时代的您边做工边学习，苦难的生活经历培养了您刻苦学习的精神，根据工作需要，党组织安排您学习会计知识，您在没有任何基础的情况下，经过努力考入了中华职业学校会计训练班，掌握了会计专业。我有幸生活在新时代，有着优越的学习条件，我会刻苦学习，努力做到德智体美劳全面发展，争做一名合格的共产主义事业接班人。

我要学习您艰苦朴素的精神。在阴森恐怖的渣滓洞监狱里，您用自制的笔墨，悄悄写下遗书，告诫自己的孩子，决不要娇养，粗服淡饭足矣，要以建设新中国为志，为共产主义革命事业奋斗到底。您在那样艰苦的环境里，仍然惦记着党的事业，为我们立起了一座精神丰碑。我要做一个懂事孝顺的孩子，勤俭节约，体谅父母，成为同学们学习的榜样。

清明节那天，我看到了一句话："今日之中国，正如您所愿。"江姐，您知道吗？中国共产党成立100周年了，有9100多万名党员，是世界上最大的党。江姐，您知道吗？我们国家已经全面脱贫了，人们都过上了幸福的小康生活，正在习近平爷爷的带领下奋力实现中国梦。这个时代是比您所憧憬的还要好的时代。

江姐，我们知道，正是无数个像您一样的革命先烈用鲜血和生命换来了我们今天的美好生活。您和先烈们的精神将永远闪耀在历史的天空，为我们实现中华民族伟大复兴的历史任务，提供源源不断的精神滋养。新时代的广大少先队员将发扬红色传统、传承红色基因，赓续共产党人的精神血脉，沿着您的足迹不断向前、向前。

  此致

敬礼！

北京市海淀区七一小学五（3）班　李承烨

2021 年 4 月 11 日

参考文献

档案:

江竹筠档案

期刊报纸:

1. 《一片丹心向阳开　地下党江姐的工作及爱情堪比〈潜伏〉》,《解放军报》,2015年06月25日。
2. 重庆日报评论员:《从红岩精神中汲取信仰的力量》,《重庆日报》,2019年06月18日。
3. 《江竹筠:入党之初就决定把一切献给党》,《学习时报》,2020年09月07日。
4. 龚道鹏:《彭咏梧江竹筠的战友——巫山龙溪地下党组织创建人卢光特》,《红岩春秋》,2012年第4期,第62页。
5. 杨新:《"江姐"的成长人生》,《红岩春秋》,2019年第2期,第44—47页。
6. 《柔情慈母的挚爱家书　革命斗士的坚定信仰》,《中国青年报》,2019年07月04日。
7. 郑林华:《"是否不要江姐死"　学习和弘扬江姐坚贞不屈的精神》,《新湘评论》,2015年第23期,第31—32页。
8. 杨宏:《说不尽的江竹筠》,《红岩春秋》,2016年第3期,第50页。
9. 杨彪、张放:《一片丹心向阳开——江竹筠烈士事迹再寻踪》,《雷锋》,2015年第1期,第26—27页。
10. 黄莺、莫细细、刘绍卫、张丽红、林苹:《江竹筠　红梅傲雪红岩上》,《广西党史》,2005年第4期,第41页。
11. 卢光特:《江竹筠同志生活片断》,《贵州文史丛刊》,1981年第2期,第139—140页。

图书:

1. 政协自贡市委员会:《因盐设市》,四川人民出版社,2009年。
2. 中共自贡市委党史研究室:《血染的丰碑——盐都英烈传》,四川人民出版社,2009年。
3. 罗广斌、杨益言:《红岩》,中国青年出版社,2000年。
4. 陈墨:《口述历史门径》,人民出版社,2013年。
5. 公安部档案馆编注:《血手染红岩——徐远举罪行实录》,群众出版社,1991年。
6. 中共重庆市委宣传部:《重庆红色故事》(第一辑),重庆出版社,2020年。
7. 何建明、厉华:《忠诚与背叛——告诉你一个真实的红岩》,重庆出版社,2013年。
8. 重庆红岩联线文化发展管理中心、重庆红岩革命历史博物馆:《厉华说红岩:军统集中营》,文物出版社,2012年。
9. 厉华:《厉华说红岩:解读狱中八条》,重庆出版社,2014年。
10. 刘仁辉、杨源孜:《江姐童年故事》,湖北少儿出版社,2009年。
11. 刘仁辉、杨源孜:《红岩英雄江姐》,湖北少儿出版社,2011年。
12. 重庆红岩联线文化研究发展中心:《千秋红岩》,人民出版社,2005年。
13. 厉华、刘和平、王庆华、陈建新:《魔窟——来自白公馆和渣滓洞的报告》,重庆出版社,2007年。
14. 厉华、龚月华:《信仰与忠诚》,重庆出版社,2018年。
15. 丁少颖:《江姐真实家族史》,武汉大学出版社,2011年。
16. 丁少颖:《红岩恋——江姐家传》,广东人民出版社,1998年。
17. 卢光特、谭正威:《江竹筠传》,重庆出版社,1982年。
18. 中共重庆市委党史研究室:《临行寄语——巴渝革命烈士书信选》,成都科技大学出版社,1991年。
19. 王庆华、厉华:《黑牢诗篇》,重庆出版社,1996年。
20. 厉华:《红岩:从文学作品到红色旅游》,重庆出版社,2020年。
21. 史红军:《巴山英魂——彭咏梧传》,解放军出版社,1987年。
22. 陈汉书、杜之祥:《青松傲雪霜——江姐、彭咏梧和川东游击队的故事》,重庆出版社,1982年。

23.杜之祥:《彭咏梧 碧血写忠烈》,重庆出版社,2010年。

电子音像制品:

1. 厉华:《红色的爱——红岩女英雄江竹筠的故事》,重庆出版社。
2. 重庆红岩联线文化发展管理中心:《红岩风》,重庆出版社。

后　记

《江姐：傲雪红梅》这本书是应江姐故乡自贡市大安区委党校邀请，讲述《红岩魂——中华儿女革命典型江竹筠》报告后，我与自贡市党校教师陈莎根据报告词整理而成的一本书。我很高兴接受自贡市党校的推荐与陈莎合作。这不仅是我的一个心愿，希望带动青年人去研究红岩历史，更是因为江姐的故里在自贡。陈莎敢于挑战自己，甄别史料的严谨、认真给我留下了很好的印象。希望能够有更多的有志青年能够从事这方面的研究，也期盼读者能够给予建议和批评，以便在史料的研究开发中创造出更好的作品。

在汇集史料和编撰书稿的过程中我们得到了中共自贡市委党校常务副校长陈尧、副校长晏可，中共大安区委组织部常务副部长王洪剑、中共大安区委党校原常务副校长郭杰等同志的大力支持和帮助，在此向他们表示诚挚的谢意。

特别感谢自贡市大安区融媒体中心副主任、《大安》执行副主编黄明鑫同志提供的《弘扬江姐精神，打造江姐故里》的珍贵史料。

特别感谢《江姐童年故事》《红岩英雄江姐》的作者刘仁辉、杨源孜。两位老师无私地将研究成果分享给我们，为丰富江姐人物形象提供了珍贵的素材。在书稿编撰过程中刘仁辉老师还提出了宝贵的修改意见。

最后，诚挚感谢中共自贡市委党校、中共自贡市大安区委员会、中共自贡市大安区委党校等单位在本书编撰过程中提供的各项帮助和大力支持！

谨以此书纪念革命先烈！

厉 华

2021年6月6日